JACQUES ATTALI

Lignes d'horizon

FAYARD

Version revue et augmentée de *Lignes d'horizon*,
parue en 1991 chez Random House, New York,
sous le titre

Millennium
Winners and Losers in the Coming World Order

TEXTE FRANÇAIS D'ARLETTE ROSENBLUM

La publication au Livre de Poche constitue une édition revue et augmentée, telle qu'elle a été préparée pour la traduction américaine.

LIGNES D'HORIZON

Jacques Attali est né le 1er novembre 1943 à Alger. Conseiller d'État. Président de la B.E.R.D. Ancien élève de l'École polytechnique (major de la promotion 1963). Ingénieur au corps des mines. Diplômé de l'Institut d'études politiques de Paris. Docteur en Économie.
Carrière : Ingénieur des mines (1968). Élève à l'École nationale d'administration (1968-1970). Auditeur (1970) puis maître des requêtes au Conseil d'État, Maître de conférence des sciences économiques à l'École Polytechnique (depuis 1968). Directeur de séminaire de l'École nationale d'administration (1974). Directeur du laboratoire Iris et directeur d'étude à l'Université Paris IX-Dauphine. Conseiller spécial auprès du président de la République (1981).
Œuvres : Analyse économique de la vie politique *(1973)*; Modèles politiques *(1973)*; L'Anti-économique *(1974)*; La Parole et l'Outil *(1975)*; Bruits (essai sur l'économie politique de la musique) *(1977)*; La Nouvelle Économie française *(1978)*; Ordre cannibale *(1979)*; Les Trois Mondes *(Fayard, 1981)*; Histoires du temps *(Fayard, 1982)*; La Figure de Fraser *(Fayard, 1983)*; Un homme d'influence, Sir Siegmund Warburg *(Fayard, 1985)*; Au propre et au figuré *(Fayard, 1988)*; Lignes d'horizon *(Fayard, 1990)*; La Vie éternelle, roman, *qui a obtenu en mai 1989 le Grand Prix du Roman de la Société des Gens de Lettres,* Le Premier jour après moi, *roman (Fayard, 1990) et* 1492 *(Fayard, 1991).*

Devant nous, à la veille du troisième millénaire dont une brève décennie désormais nous sépare, quel nouvel ordre politique se profile ? quel développement ? quels rapports de pouvoir entre les nations ? quels styles de vie ? quelles tendances artistiques ?
Nous entrons dans une période radicalement neuve : l'Histoire s'accélère, les blocs se dissolvent, la démocratie gagne partout du terrain, acteurs et enjeux nouveaux surgissent. Face à ces évolutions en apparence désordonnées, la mode est à se méfier des modèles, à s'abandonner au jeu des forces multiples qui agitent notre planète, à faire du marché le maître de toute chose, l'arbitre de toute culture.
Je ne souscris pas à cette mode. Je crois au contraire que notre époque, comme les autres, est relativement explicable, que notre avenir peut être éclairé d'hypothèses sérieuses, qu'on est en droit d'esquisser des lignes d'horizon. A condition de jeter des ponts entre les innombrables apports des sciences sociales d'aujourd'hui et de s'en servir pour donner sens au foisonnement de faits qui surprennent notre quotidien.

J.A.

Paru dans Le Livre de Poche :

HISTOIRES DU TEMPS.
LES TROIS MONDES.
BRUITS.
AU PROPRE ET AU FIGURÉ.
LA VIE ÉTERNELLE, ROMAN.
LE PREMIER JOUR APRÈS MOI.
1492.

I

L'ORDRE MONDIAL DE DEMAIN

L'histoire s'accélère. Ce qui dépassait l'imagination hier, sauf peut-être dans les esprits fertiles des futuristes et des romanciers, est déjà arrivé aujourd'hui. Le Mur de Berlin s'est écroulé, la fécondation *in vitro* est devenue pratique courante et un chamelier au milieu de son troupeau en Afrique subsaharienne peut s'entretenir avec un habitant de la banlieue de Los Angeles grâce à un téléphone portable grand comme la paume de la main. Le choc du futur date d'hier. Le changement est la seule constante dans un monde en plein bouleversement. L'ancien ordre géopolitique disparaît de la scène et un nouvel ordre apparaît. Cet ordre n'offrira probablement guère de ressemblance avec le monde familier de la dernière moitié du XXe siècle. Dans le prochain millénaire, le destin de l'humanité sera modelé par une nouvelle catégorie de gagnants et de perdants.

Ce modeste essai est une tentative pour esquisser les contours d'un avenir dont on peut déjà entrevoir les grandes lignes à l'horizon d'aujourd'hui. C'est moins une thèse qu'une série d'assertions, un ensemble de considérations exploratoires. J'ai choisi délibérément le risque de l'ultra-simplification, de l'exagération, peut-être même de la vulgarisation, en entreprenant de tracer le portrait de l'ère dans laquelle nous allons entrer. Je suis conscient que, ce faisant, je ne présenterai que la caricature d'une réalité sociale et économique profondément complexe. Mais la généralisation a ses vertus, certaines considérables, car elle s'apparente à la photographie par satellite, qui révèle les contours de vastes continents et même de simples bâtiments, sans indiquer par contre ce qu'ils contiennent. Ces réflexions s'appuient sur l'hypothèse d'ordres sociaux successifs pour expliquer l'extraordinaire transition dans laquelle nous nous trouvons qui mène au prochain siècle. Dans cet exercice, *Das Kapital* de Karl Marx ou *Wealth of Nations* d'Adam Smith[1] sont peut-être moins utiles que le film fantastique de Ridley Scott, *Blade Runner*[2], un produit hollywoodien qui contient plus de vérités sur le nouvel âge que ces ouvrages classiques.

Au cours du siècle prochain, le Japon et l'Europe

1. *Le Capital* de Karl Marx ; *Richesse des Nations* d'A. Smith. [N.d.l.T.]

2. D'après l'œuvre de l'écrivain américain de science-fiction Philip K. Dick (E.-U., 1982), située à Los Angeles en 2019 : quatre robots à apparence humaine — les répliquants — employés sur des chantiers cosmiques se sont évadés. Un « Blade Runner » (tueur), Deckard, est chargé de les abattre. Seul moyen de les reconnaître : ils n'ont pas d'affectivité. Dans son enquête. Deckard est aidé par un répliquant d'un modèle perfectionné, Rachel. Le dernier répliquant à tuer, Batty, épargnera finalement son chasseur et meurt à sa place. Le répliquant Batty n'est-il pas en définitive plus humain que ceux qui le traquent ? Film en couleurs avec effets spéciaux, de 116 minutes. (Source : Jean Tulard : *Guide des films*, « Bouquins », R. Laffont.) [N.d.l.T.]

ont des chances de supplanter les États-Unis dans le rôle de principales superpuissances bataillant pour exercer la suprématie économique sur la planète. Seule une transformation radicale de la société américaine peut couper court à cette évolution et à ses conséquences politiques. De leurs hautes positions technologiques privilégiées, ils présideront un monde qui a adopté une commune idéologie de consumérisme mais qui est cruellement divisé entre riches et pauvres, menacé par une atmosphère polluée qui se réchauffe, ceinturé par un réseau dense d'aéroports géants pour le voyage et branché pour être instantanément en communication avec n'importe quel point de la planète. L'argent, l'information, les marchandises et les gens se déplaceront autour du globe à des vitesses vertigineuses.

Dispensés d'allégeance nationale ou de liens familiaux par des objets basés sur des microprocesseurs qui permettront aux individus d'assumer à l'égard d'eux-mêmes bon nombre des fonctions de santé, d'éducation et de sécurité, les citoyens-consommateurs des régions privilégiées du monde deviendront des « nomades riches ». Ayant les moyens de s'intégrer dans la culture du libéralisme de marché en matière de choix politique et économique, ils parcourront la planète à la recherche de façons d'utiliser leur temps libre, acheteurs d'information, de sensations et de biens qu'eux seuls ont la possibilité d'acquérir, soupirant néanmoins après la fraternité humaine, et ce qu'avaient de rassurant le foyer et la communauté qui n'existent plus parce que leur fonction est devenue obsolète. Comme les habitants de New York qui se heurtent quotidiennement à des mendiants sans feu ni lieu qui traînent autour des distributeurs automatiques de billets en quémandant de la menue monnaie, ces riches errants seront partout confrontés à des masses errantes de « nomades pauvres » — *boat people* à l'échelle planétaire — qui tentent de s'échapper de la périphérie indigente, où la plupart de la population de la terre va continuer à vivre. Ces émigrants appauvris arpenteront la planète en quête de nourriture et d'abri, leurs désirs attisés par les images omniprésentes et alléchantes de la télévision retransmises par satellite depuis Paris, Los Angeles ou Tokyo. Avec l'espoir fou de sortir de ce qu'Alvin Toffler a appelé le monde lent pour entrer dans le monde rapide, ils mèneront une existence de morts-vivants.

Comme toutes les civilisations passées, qui ont voulu perdurer en établissant un ordre pour écarter la menace de la nature et des autres hommes, le nouvel ordre futur sera fondé sur sa capacité à maîtriser la violence. Par contre, à la différence des ordres précédents qui ont régné d'abord par la religion, puis par la force militaire, le nouvel ordre gérera la violence surtout par la puissance économique. Bien sûr, de ces ordres jadis dominants fondés sur la religion et la force militaire il continuera à rester des vestiges, surtout à la périphérie dans les pays en voie de développement : l'Iran et l'Iraq en sont des exemples évidents.

L'invasion du Koweït par Saddam Hussein et la guerre que son acte a provoquée sont d'utiles rappels que la fin de la guerre froide n'a pas réglé tous les problèmes de querelles de frontière, d'aspirations nationalistes, et de politique de puissance. Ce genre de problème nous harcèlera encore longtemps dans le futur. D'autres actes d'agression dans des parties du monde aux ressources vitales et à l'importance symbolique moindres que le Moyen-

Orient se produiront sûrement à l'avenir. La force militaire continuera à exercer son pouvoir dans de nombreuses régions appauvries du monde. Mais, si explosifs, sanglants et spectaculaires que soient ces événements, ils n'en seront pas moins des épisodes anachroniques, des péripéties se rapportant seulement de façon marginale au cours principal de l'histoire.

L'affrontement dans le golfe Persique, par exemple, a servi à détourner l'attention du changement capital qui est en train de se produire dans l'équilibre mondial du pouvoir. C'est ce qui a permis à certains d'affirmer que les États-Unis demeurent le pays le plus puissant du monde, et que prédire son déclin (et même sa fin) est prématuré, pour dire le moins. Pourtant, ces observateurs n'ont raison qu'à court terme. Car les maux qui assaillent la société américaine vont probablement s'aggraver, rendant difficile aux États-Unis de maintenir leur situation impériale sans opter pour la voie d'une restructuration économique générale. Paul Kennedy, auteur de *The Rise and Fall of the Great Powers*[1], soutient que l'impressionnant envoi massif de troupes américaines à mi-chemin du bout du monde masque plus qu'il n'éclaire la question plus importante de la position réelle de l'Amérique en tant que puissance hégémonique en déclin, et non en plein essor. Il compare le déploiement de l'Amérique, encore que justifié, à la décision prise par l'Espagne en 1634 d'envoyer sa grande armée défendre les cousins Habsbourg assiégés pendant la guerre de Trente Ans : « L'infanterie et les généraux de l'Espagne étaient de premier ordre, leur déploiement via

1. Littéralement : *La Naissance et la Chute des grandes puissances.*

Milan, les Alpes et le haut Rhin fut rapide et professionnel. Aucune autre nation européenne à l'époque ne pouvait égaler un tel "envoi de troupes", l'Espagne, c'était clair, était toujours "Numéro Un". » Cependant, note Paul Kennedy, la monarchie espagnole ployait sous des dettes massives et l'inefficacité de ses industries, dépendant de fabricants étrangers et redevable envers des intérêts particuliers dans le pays même. En dépit de l'étalage resplendissant de ses forces armées, dans les années 1640, « la suspension du paiement des intérêts et les déclarations de banqueroute des souverains espagnols révélaient pleinement le déclin de la puissance de l'Espagne ».

Kennedy ne manque pas d'observer que, dans le même temps où des centaines de milliers de soldats américains étaient envoyés en Arabie Saoudite, le déficit du budget de l'Amérique pour l'année avait dépassé en flèche les 300 milliards de dollars — le plus gros déficit de l'histoire des États-Unis. La leçon est claire : aucune nation ne peut demeurer « Numéro Un » génération après génération sans une base économique florissante sur laquelle sa puissance politique doit en fin de compte reposer. Comme l'Espagne, les États-Unis se sont pas la première grande puissance à être embourbée dans un endettement massif tout en conservant des responsabilités mondiales, encore que la spectaculaire culbute de l'Amérique qui, en une dizaine d'années, est passée du rang de plus grand créditeur du monde à celui de plus gros débiteur soit presque certainement sans précédent. Le surendettement a toujours été un signe d'inadaptation économique, un symptôme révélateur d'un déséquilibre fatal avant une disparition éventuelle. Il en a été ainsi depuis l'émergence du capitalisme au XIIIe siècle.

L'étendue de la crise financière américaine offre le témoignage éclatant que nous abordons déjà une période de transition dans l'ordre du marché mondial où une « région cœur » faiblissante va laisser la place à une autre. La puissance économique est peut-être en train d'abandonner l'Amérique et, en tout cas, elle se dirige vers l'Europe et le Pacifique. Ce n'est pas une évolution qui a de quoi réjouir. La croissance mondiale sera compromise par le déclin américain. Les États-Unis trouveront peut-être possible de renverser cette tendance, mais c'est improbable sans une réforme radicale. Car il est chaque jour de plus en plus évident que le principe organisateur central de l'avenir, quoi qu'il arrive dans les marges, sera économique. Ceci deviendra de plus en plus manifeste à mesure que nous approcherons de l'an 2000.

La souveraineté de la force militaire qui a caractérisé la guerre froide est remplacée par le règne du marché. Les idéaux libéraux de la démocratie et le marché ont vaincu leur principal rival — le défi historique et l'autre vision de la société représentés par le communisme. Certes, une énigme centrale demeure : comment maintenir l'équilibre entre la croissance économique et la justice sociale. Néanmoins, les idéaux politiques et l'idéologie consumériste de l'Ouest animent maintenant les peuples partout, surtout dans le monde industrialisé. Tout compte fait, c'est l'attrait populaire de la société de consommation démocratique et non la menace officielle d'annihilation nucléaire, qui a sapé de façon décisive la légitimité des régimes du bloc soviétique parmi leurs propres nationaux. Les valeurs du pluralisme libéral et la promesse de prospérité marchande ont été associées dans un consensus qui maintenant unit les peuples d'un bout à l'autre du monde. Ce consensus, qui s'est substitué à l'antagonisme idéologique des deux blocs, est capable de subsister uniquement grâce à un marché qui s'organise autour des désirs communs des consommateurs — que ces désirs puissent être comblés ou non. Pour la première fois, la demande politique pour le pluralisme éveille un écho dans le domaine économique.

En conséquence, la force de l'économie américaine dans l'après-guerre va probablement être gravement contestée. Car dans l'ordre émergent qui développe ses racines dans cette décennie prémillénaire, les deux superpuissances militaires — les États-Unis et l'Union soviétique — marchent lentement vers le déclin relatif, sinon total. En tant qu'États-nations supergrands, ces gagnants du monde d'après-guerre courent le risque d'être les perdants au siècle suivant, abandonnant inexorablement leur statut de grandes puissances au fil d'une désintégration économique. Ayant surmonté leur subordination stratégique à la souveraineté de la force militaire, avec la fin des hostilités idéologiques entre les États-Unis et l'Union soviétique, deux nouvelles puissances — un espace européen s'étendant de Londres à Moscou et un espace du Pacifique basé à Tokyo mais s'étendant aussi loin que New York — vont s'affronter pour conquérir la suprématie. Chaque espace cherchera à surpasser l'autre dans un effort pour devenir le centre, ou « cœur », du nouvel ordre mondial. Le succès de l'un d'eux dépend de celui qui pourra produire avec le plus d'efficacité et de profit les nouveaux biens satisfaisant le désir de choix et d'autonomie dans le premier marché vraiment mondial. L'emplacement du cœur de l'espace gagnant sera déterminé par une intense compétition.

Ce nouvel ordre économique ne sera pas, comme l'avaient prévu classiquement Daniel Bell et d'autres, une société « postindustrielle » où les services remplacent l'industrie. Ce sera, disons, une société que l'on pourrait appeler « hyperindustrielle » — une société dans laquelle les services sont transformés en biens de consommation produits en série. L'effet sera similaire à celui qui s'est manifesté plus tôt au cours de ce siècle quand le lavage des vêtements à la main a été remplacé par la machine à laver, qui — à son tour — a été rendue possible par l'invention du moteur électrique. Beaucoup plus radicalement que la domestication de la vapeur et de l'électricité au XIXe siècle, et peut-être, dans son impact, plus proche de la découverte du feu par des tribus primitives, le microprocesseur et les progrès en biotechnologie et en ingénierie génétique sont en train de préparer la voie à un bond révolutionnaire dans un nouvel âge qui transformera profondément la culture humaine.

Les technologies basées sur le microprocesseur, tels le transistor et l'ordinateur, ont déjà ouvert la voie à une industrialisation sans précédent des services — depuis la communication jusqu'à l'éducation, aux soins de santé et à la sécurité. Les exemples abondent : le baladeur (le « Walkman » de Sony), l'ordinateur et le téléphone portables, le fax, tous annoncent sous forme très embryonnaire les objets portables du futur — appelons-les, si vous voulez, *objets nomades*. Ces produits affaibliront grandement les institutions, professions et bureaucraties en donnant à l'individu un degré extraordinaire d'autonomie, de mobilité, d'information et de puissance. Ils contribueront à répondre à l'exigence grandissante des consommateurs d'être davantage maîtres de leur vie en leur permettant de se passer du lieu de travail institutionnel sur le plan technologique. Dans le même temps, les gens seront équipés de moyens pour accomplir plus simplement et plus efficacement que jamais auparavant une variété de tâches. Les étonnantes technologies nouvelles de l'information déclencheront des bonds formidables dans la productivité, générant une vigoureuse croissance économique pour les décennies à venir. En ce moment, la récession actuelle masque cette réalité sous-jacente. Et peut-être que la dépression plus grave qui risque de se manifester sera considérée un jour comme les douleurs nécessaires accompagnant la naissance d'un nouvel ordre hyperindustriel.

Ce nouvel ordre ne mettra pas un point final à l'histoire. Ce ne sera pas une utopie, harmonieuse et sereine. En vérité, plus que probablement un conflit éclatera maintenant que la guerre froide est terminée et que le marché a triomphé. Car c'est précisément parce qu'une si grande partie du monde partage désormais le même désir pour un ordre prospère fondé sur le choix, qu'il y aura conflit. A cet égard, le XXIe siècle risque de ressembler au XIXe, où les États-nations avec des desseins similaires d'impérialisme se sont battus pour la possession des matières premières et des profits commerciaux, et pour des questions de prestige national. Car l'inégalité partagera en deux le nouvel ordre mondial aussi sûrement que le Mur de Berlin a naguère séparé l'Est de l'Ouest.

Même dans les nations les plus privilégiées, tout le monde n'aura pas une part égale des vastes richesses du nouvel ordre marchand. Par exemple, dans le Nord comparativement plus riche, inondé par le flot stupéfiant d'information et de divertissement, une majorité d'individus seront réduits à être des pions faibles et pauvres, contraints sans remède à contempler avec envie la puissance et les plaisirs octroyés à une minorité. Les gens ordinaires regarderont bouche bée avec un respect craintif et du ressentiment, depuis leur modeste banlieue ou la rue qui leur tient lieu de foyer, les hauts sommets de la fortune et les gratte-ciel du pouvoir qui se dresseront hors de leur atteinte.

Les richesses de la croissance ne sont pas garanties pour les pays évoluant vers la démocratie dans l'est de l'Europe et en Asie. Les libertés politiques et économiques conquises jusqu'à présent peuvent disparaître si l'économie de marché ne fournit pas relativement vite les biens de consommation et le strict nécessaire pour vivre promis par les réformes hardies qui ont exigé de durs sacrifices. Le pire n'est pas certain, mais tout peut aller de travers au sein de la remarquable « révolution de velours » de l'Europe. Que l'Union soviétique tombe en proie à la guerre civile, il se pourrait fort bien que des millions de ses citoyens s'enfuient vers l'Ouest dans une tentative pour échapper à l'appauvrissement grandissant de leur pays. Ces réfugiés économiques mettraient rudement à l'épreuve la faculté de l'Europe à absorber avec succès une telle invasion.

Surtout et avant tout, la marginalisation et la misère de trois milliards d'hommes, de femmes et d'enfants en Afrique, en Amérique latine et dans une grande partie de l'Asie, notamment en Inde et en Chine, pèsent lourdement sur la promesse d'une prospérité et d'une liberté permanentes dans le Nord privilégié. Si la révolution verte est parvenue à enrayer la disette dans la majeure partie de l'Asie et si la famine n'est plus maintenant qu'un fléau localisé, encore que terrible, dans des zones limitées d'Amérique latine et d'Afrique, le retour de la croissance dans le Nord creusera davantage encore le vaste gouffre entre les possédants et les déshérités.

Le marché et le prix des exportations essentielles du Sud continueront à diminuer à mesure que les matières premières perdront leur valeur pour les régions riches du fait de l'importance croissante des perfectionnements et de l'information dans la production industrielle. En outre, bien des marchés du Nord resteront dans une large mesure fermés aux exportations du Sud pauvre. Le Mexique, par exemple, a déjà abaissé les barrières commerciales avec les États-Unis, mais il faudra des années aux produits mexicains pour parvenir sur les rayons des grandes surfaces style *Safeway* comme sont exposées les denrées américaines dans la moindre petite *bodega*[1]. Cela demandera encore plus longtemps pour les produits brésiliens.

Animées par un désespoir fébrile, les masses accablées de la périphérie assisteront au spectacle de la richesse d'un autre hémisphère. En particulier dans ces régions du Sud qui sont géographiquement voisines du Nord et liées à lui sur le plan culturel — comme le Mexique, l'Amérique centrale ou l'Afrique du Nord — des millions de gens seront tentés et exaspérés par la stimulation constante de besoins qui ne peuvent être satisfaits. Et ils sauront que cette prospérité qu'ils n'ont pas s'épanouit en partie au détriment de leur bien-être et au prix de la dégradation de leur environnement. Privés d'avenir à une époque de voyage aérien et de télécommunications, les définitivement démunis iront en chercher un au Nord comme réfugiés économiques et émigrants dans des proportions sans précédent.

1. Épicerie-débit de boissons. [N.d.l.T.]

Les mouvements de populations ont déjà commencé ; seulement ce sera à plus grande échelle : les Turcs à Berlin, les Marocains à Madrid, les Indiens à Londres, les Mexicains à Los Angeles, les Portoricains et les Haïtiens à New York, les Vietnamiens à Hong Kong.

Si le Nord reste passif et indifférent devant leur sort, et en particulier si l'est de l'Europe est attiré dans l'orbite de la prospérité par la pleine force de la générosité de l'Ouest alors que le Sud est négligé, les populations de la périphérie se révolteront inévitablement et, un jour, entreront en guerre. Elles chercheront à ouvrir une brèche dans l'équivalent du nouveau Mur de Berlin, que le Nord en ce moment même construit pour isoler le Sud. Ce sera une guerre différente de toutes celles vues dans les temps modernes ; elle ressemblera aux expéditions barbares des VIIe et VIIIe siècles où l'Europe a été vaincue et a sombré dans ce qu'on en est venu à appeler en anglais *the Dark Ages*, les siècles des ténèbres : le haut Moyen Age.

Mais à l'horizon se dresse une menace encore plus inquiétante et moins visible. Elle se rapporte à la texture même du nouvel ordre mondial et à son idéologie libérale de consumérisme et de pluralisme. L'essence à la fois de la démocratie et du marché est le choix. L'un et l'autre offrent au citoyen-consommateur le droit d'adopter ou de rejeter des options, que ce soit des candidats ou des biens de consommation, des hommes politiques ou des produits. Réélire ou rejeter par un vote, engager ou licencier, changer l'administration ou déplacer des investissements — cette faculté de modifier, d'inverser, de remanier ou d'aiguiller sur une autre voie tactiques, populations et produits — tel est le trait principal de la culture du choix sur lequel repose le consensus consumériste. Il anime à la fois notre système politique et notre ordre économique. Les deux ont leurs racines dans le pluralisme et ce qu'on pourrait appeler (peut-être gauchement) le principe de réversibilité. Nous en sommes venus à croire que rien n'est (on ne devrait être) éternel. Tout peut être échangé ou rejeté. Un tel principe, quelque pratique qu'il soit à court terme, n'est pas capable de maintenir une civilisation. Au contraire, il sape l'impératif majeur de toutes les civilisations précédentes : durer. Qu'elles aient été gouvernées par des ordres religieux ou des lignées royales, les civilisations antérieures ont généralement réglé leur conduite selon une grande hauteur de vue. Les Amérindiens, pour ne citer qu'un exemple, parlaient souvent d'organiser leur société en tenant compte de « la septième génération à naître ». Les chefs ou souverains du passé avaient tendance à penser en termes de siècles, et non en termes de cycles électoraux ou de comptes rendus trimestriels de bénéfices.

Octavio Paz l'a remarqué : « Alors que les civilisations primitives ont duré des millénaires, dit-il, les civilisations modernes, qui adorent le changement, se désagrègent en deux ou trois siècles. » Czeslaw Milosz s'inquiète de voir que l'indifférence nihiliste résultant du flux constant du changement a laissé la civilisation occidentale lancée dans une course épuisante « entre la désintégration et la créativité... réussissant avec peine à survivre d'une décennie à l'autre. »

Le vertige social provoqué par le principe de réversibilité, qui sanctifie le court terme et a un culte pour l'immédiat, provoque déjà des réactions. Le réveil général du fondamentalisme religieux, en Orient comme en Occident, le rejet fanatique de la vie industrielle par les écologistes radicaux, la nostalgie de traditions et de structures sociales hiérarchiques, éveillent la crainte que les valeurs démocratiques et les principes du marché inhérents à la culture du choix ne soient constamment attaqués, peut-être même rejetés. Il n'est pas impossible d'imaginer toute une gamme de scénarios cauchemardesques — depuis l'écolo-dictature par un despote « vert » doué de charisme jusqu'à la république slave arriérée de Soljénitsyne. La société de consommation nihiliste, aliénée, pourrait fort bien déclencher une révolte de force et d'attraction considérables pour la population.

Pour parer à cette éventualité, le marché et la démocratie devront être placés sous surveillance. Il faut qu'ils soient tenus en bride non par des valeurs réactionnaires qui préservent le passé mais par des valeurs conservatrices qui préservent l'avenir. Par exemple, il ne faut pas permettre que la culture du choix adopte des techniques qui altéreraient et transformeraient de façon irréversible le cœur même de la vie, en faisant des expériences avec le codage de l'A.D.N. ou en continuant à détruire les forêts ombrophiles, ce qui finira par dépouiller la planète de la diversité génétique de son héritage. Ces processus de vie essentiels doivent être considérés comme un sanctuaire, une réserve sacrée de l'essence de la vie.

Si nous voulons récupérer un monde vivable dans le nouveau qui apparaît et éviter la folie de croissance qui risque fort de faire de la civilisation elle-même le grand perdant du prochain millénaire, nous devons repenser les règles de l'économie politique et l'équilibre mondial de la puissance. Ces règles doivent s'enraciner dans une connaissance approfondie à la fois de l'histoire des civilisations et de la mutation culturelle de l'avenir que préparent des innovations technologiques fondamentales. Nous ne pouvons pas permettre à notre ère de devenir un âge qui repousse et peut-être franchisse irrémédiablement les limites de la condition humaine — une condition circonscrite dans toutes les civilisations précédentes par des frontières biologiques et ce qu'Ivan Illich a appelé « la vertu terrestre » autocontraignante du lieu.

Le grand paradoxe d'une démocratie mondiale de consommation est que le droit au plaisir et au bonheur, le droit de choisir dans le présent, risque fort d'être un élixir toxique que nous forçons nos enfants à boire. Si l'homme, le parasite marginal, transforme la terre en un artefact mort, le rêve du plaisir matériel aura tué la vie même. Afin de survivre au triomphe de nos idéaux séculaires, nous avons besoin de donner une nouvelle définition du sacré.

UN INTERMÈDE DE THÉORIE

Pour comprendre l'avenir qui nous attend, pour donner un sens aux faits déconcertants qui nous surprennent chaque jour, nous devons construire des ponts entre les sciences sociales actuelles. En effet, il est impossible d'expliquer les événements d'aujourd'hui ou de dire quoi que ce soit à propos de demain sans un cadre théorique qui nous permette d'éclairer et d'interpréter l'histoire des relations sociales et, principalement, l'histoire du rapport avec la violence qui les détermine toutes. Ce genre de modèle est nécessairement artificiel puisqu'il risque, selon les termes de Fernand Braudel, « de mutiler et de manipuler une réalité économique et sociale bien plus complexe ». Néanmoins, je n'hésiterai pas à me lancer dans un examen rapide et obligatoirement superficiel de la mémoire de l'humanité, mêlant histoire et science. Les théories qui sous-tendent ce survol bien trop schématique ont leur origine dans les travaux dus à Fernand Braudel, Georges Dumézil, René Girard, Claude Lévi-Strauss, Ilya Prigogine, Michel Serres, Yves Stourdze et Immanuel Wallerstein.

Je suis convaincu que le nouvel ordre mondial qui apparaît, comme ceux qui l'ont précédé, est gouverné par les lois de la vie et de l'histoire. Commençons donc par le commencement.

Voilà un million d'années que l'homme communique avec l'homme. La découverte du feu date d'au moins 500 000 ans. Depuis lors, les peuples savent qu'ils peuvent comprendre leur environnement et agir pour le changer. Voilà 15 000 ans que les peuples ont appris les principes, ou les mythes, qui rendent possible la vie sociale. Voilà seulement 10 000 ans que les peuples ont commencé à habiter des villages en sédentaires. Pour finir, il y a moins de 1 000 ans que l'argent domine une partie des relations sociales de l'humanité. Comment pouvons-nous espérer comprendre ce que nous sommes aujourd'hui sans analyser ce que nous avons appris de ce lointain passé, et ce que le cerveau humain a enregistré ensuite afin de survivre ?

D'abord, quelques précisions de vocabulaire :

J'appelle forme sociale tout groupe organisé durablement — famille, tribu, village, ville, pays ou organisation internationale. Dans n'importe quelle forme sociale, les hommes, pour subsister, ont dû apprendre à cohabiter avec la violence — à la fois la violence provenant d'autres hommes et celle de la nature. Toutes les sociétés des premiers temps combattent ces deux sortes de violence au moyen des mythes. Ces mythes expriment une sagesse fondamentale : la violence entre les individus — donnent-ils l'impression d'affirmer avec insistance — est le résultat d'une rivalité, provoquée par un affrontement au sujet du même objet désirable. La Guerre de Troie, déclenchée à cause d'Hélène, en est un exemple. On ne veut quelque chose que si un autre le veut également. Où il y a désir identique, il y a violence.

Pour réduire la rivalité qui menace de détruire une forme sociale, les hommes se sont organisés en hiérarchies. Ils créent des catérogies de valeur et de distinction qui permettent à tous les membres du groupe de concentrer leur violence sur une seule personne — bouc émissaire et prince à la fois. En plaçant le droit à la violence sur une seule tête souveraine, l'ordre est maintenu parmi les membres du groupe. L'ordre du sacré est né de cette polarisation de la violence et du désir.

La violence provoquée par les forces invisibles de la nature est maîtrisée de la même façon que la violence venue des hommes : la sélection d'un individu qui, doté par les dieux de pouvoirs spéciaux, est envoyé dans l'au-delà pour plaider la cause des vivants. Pour cette raison, dans toutes les sociétés premières, le prince et le prêtre s'amalgament en une sorte de demi-dieu, qui est alors réellement ou symboliquement sacrifié afin que survive le groupe. C'est son devoir de régler les conflits des hommes et d'intercéder auprès des dieux.

Il n'y a pas de société disciplinée sans sacrifice. Ni d'ordre sans désordre. Mais, pour fonctionner durablement, le sacrifice doit être décrit dans un mythe que les prêtres répètent et auquel se plient les princes. La notion du sacré apporte de l'ordre à la violence. Dès les premières formes sociales sédentaires — peut-être 10 000 ans avant notre ère — il y a eu trois moyens de maîtriser la violence : le religieux, le militaire et l'économique. Le premier sert de médiateur dans les rapports de l'homme avec la nature et le fait de la mort, le deuxième dans les rapports entre formes sociales et le troisième les rapports à l'intérieur de chaque forme sociale.

Ces trois moyens de maîtriser la violence définissent un ordre correspondant à un certain type de forme, ou structure, sociale. Ces ordres, que l'on peut aussi appeler ordre du sacré, de la force et de l'argent, se succèdent, chacun se nourrissant de celui qui l'a précédé. De temps en temps, l'un d'eux prédomine, sans exclure les autres. Cette évolution d'un ordre à l'autre ne se produit pas par étapes nettement délimitées ou séparées. De multiples formes de l'ordre du sacré continuent à être présentes dans l'ordre de la force, et ces deux ordres sont eux-mêmes immergés dans l'ordre de l'argent, qui modèle le monde où nous vivons aujourd'hui. La trilogie fonctionnelle du pouvoir reste présente parmi nous aujourd'hui.

Il en est ainsi parce que nous n'avons jamais échappé à la nécessité de composer avec la violence. Étant donné l'expansion graduelle de la dimension des formes et structures sociales, la maîtrise de la violence n'est plus fondée sur la seule religion, elle s'appuie partiellement aussi sur la politique et l'économie. Le rapport à la violence et à la mort oscille entre le sacré et la force quand se constituent de grands empires, puis entre la force et l'argent quand s'instaure le capitalisme.

Il y a dix mille ans, les humains vivaient en petits

groupes dispersés. Les mythes organisaient l'ordre social qui était centré sur un bouc émissaire unique. Cet individu était au début un véritable être humain en chair et en os, élevé au-dessus des autres et doté de pouvoirs particuliers d'intervention et d'autorité. Le chef, par exemple, est le prêtre ; il maîtrise la violence à l'intérieur du groupe par la place qu'il assigne à chaque personne — homme, femme, enfant — par rapport au sacré. Tout vit : la nature aussi bien que les objets fabriqués par la main de l'homme. Un esprit demeure dans chaque objet. Échanger des objets, c'est échanger des vies ; afin de continuer à exister, on doit manger la chair des animaux ou l'apport généreux des plantes ; trouver sa nourriture dans la force des autres était, dans le premier ordre, une sorte de cannibalisme. Dans l'ordre du sacré, on vit en consommant des vies ou, ce qui revient au même, en acquérant des objets. Il n'est rien — naissance, mort, art, vie privée — qui ne soit intégré dans cette vision mondiale.

Voici quatre mille ans, en raison de nécessités agricoles et économiques, des villages ont commencé à se grouper. En Babylonie, en Égypte, en Chine, en Inde, au Japon, en Amérique, en Afrique, l'ordre de la force est apparu pour venir en aide au sacré comme moyen de canaliser les rivalités et d'arbitrer les désirs concurrents. Le policier s'est substitué au prêtre pour désigner et punir les déviants, les marginaux, les nouveaux boucs émissaires. Le prince s'est arrogé une puissance éternelle ; il a régné d'abord en tant que dieu puis, pour lui-même, par la force. Lui seul pouvait accumuler des objets devant servir à son rôle éternel. Lui seul a laissé trace de son trépas par un tombeau : c'est avec le prince que naît l'individu. Les autres mouraient dans l'anonymat. Les objets avaient cessé de vivre ;

leur âme s'était éteinte ; ils devinrent marchandises dont l'échange était réglementé par la police. L'ordre de la force garda son empire quand l'ordre de l'argent commença à se manifester, au VIIe siècle avant Jésus-Christ. L'ordre de l'argent n'a finalement triomphé de l'ordre de la force qu'environ vingt siècles plus tard.

Vers l'an mille de notre ère, dans de petits ports d'Europe, loin des grands empires d'Asie, l'idée de l'argent a enflammé l'imagination de l'homme. L'argent a introduit la notion que toutes choses pouvaient être exprimées par une mesure unique, un étalon universel. Il simplifiait radicalement l'échange et la manipulation de l'information. La rivalité entre les hommes revenait ainsi à la quantité d'argent que chacun possédait. L'usage de l'argent s'est rapidement développé parce que c'était un progrès fantastique sur tous les précédents moyens de contrôler la violence. La valeur des choses n'était plus la mesure de la vie de ceux qui les avaient faites, ou la force de ceux qui les possédaient. L'argent se substituait aux choses. Il permettait l'échange d'un beaucoup plus grand nombre d'objets sur de plus grandes distances et facilitait la création de richesse dans de bien meilleures conditions qu'auparavant. Les objets pouvaient circuler sans menacer la vie de ceux qui les échangeaient.

L'argent (autrement dit le marché, ou encore le capitalisme — tous des noms pour des concepts inextricablement liés) s'est imposé comme un moyen radicalement nouveau de régir la violence, supérieur aux anciens ordres du sacré et de la force. Dans l'ordre de l'argent, la puissance se mesurait à la quantité d'argent dont on avait la maîtrise d'abord par la force, évidemment, puis par la loi. Le bouc émissaire est celui qui n'a pas d'argent et qui menace l'ordre en remettant en question la distribution de l'argent. Ce n'est plus le possédé, comme dans l'ordre du sacré, ni le déviant comme dans l'ordre de la force, mais le mendiant, le démuni ou le nomade qui deviennent boucs émissaires dans l'ordre de l'argent.

A la différence des deux ordres précédents, où des formes sociales multiples pouvaient coexister de par le monde, côte à côte pour ainsi dire, dans des empires rivaux, l'ordre de l'argent s'organisait à tout instant autour d'une forme sociale unique avec un impératif ou une vocation mondiale. Les diverses formes sociales de l'ordre étaient reliées par les marchandises, qui canalisaient entre elles la violence. L'argent régnait en souverain, modelant la loi des relations, dans ces domaines qui s'entrecroisent entre formes sociales.

Depuis le XIIIe siècle environ, où est apparu ce qui pourrait s'appeler un ordre marchand capitaliste, se sont succédé des structures, ou formes, économiques autour desquelles la société a eu tendance à s'organiser. Chacune était fondée sur une technologie spécifique — ordinairement une technologie de communication, d'énergie ou de transport. Cette technologie, à son tour, est le moteur économique donnant l'impulsion à l'offre et à la demande. *Grosso modo*, il y a eu huit formes de ce genre depuis le XIIIe siècle.

Puisque nous entrons aujourd'hui dans une nouvelle forme marchande — la neuvième — il importe de comprendre en quoi consiste ce genre de forme.

Au centre de chaque forme se trouve une ville dominante, une ville-cœur où se concentre l'essentiel des pouvoirs financiers, techniques, culturels et idéologiques (mais pas nécessairement politiques). Typiquement, une élite gère le marché — les prix et les produits ; l'élite accumule les profits, tient en main les salaires et les travailleurs, finance les artistes et les explorateurs. L'élite définit l'idéologie qui assure son pouvoir. Les révolutions religieuses sont souvent des facteurs déterminants. La monnaie du cœur domine les échanges internationaux. Les artistes viennent de partout construire palais et tombeaux, peindre portraits et paysages.

Autour de ce cœur, il y a un milieu, ou hinterland[1], comprenant de nombreux pays ou régions développées qui achètent les produits du cœur. Ici, on trouve d'anciens ou de futurs cœurs, les régions en déclin ou en expansion.

Plus loin, il y a la périphérie, encore gouvernée partiellement par l'ordre de la force, englobant les régions exploitées qui vendent leurs ressources en matières premières et leur main-d'œuvre au cœur et à l'hinterland sans jamais avoir accès à la richesse du cœur.

Chaque forme marchande utilise des technologies plus efficaces que les précédentes pour la mise en œuvre de l'énergie et l'organisation des communications. Une forme est stable aussi longtemps qu'elle crée assez de richesse pour entretenir la demande en ce qui concerne ses produits. Quand son aptitude à le faire est freinée, ou hésitante, la forme marchande s'affaiblit. Elle devient vulnérable au défi proposé par une autre forme qui commence à apparaître, bouleversant la hiérarchie établie des nations et de la technologie dominante.

Une forme marchande a donc une durée de vie

1. Mot allemand passé dans notre langue : arrière-pays, ensemble de la région desservie par le cœur (port, voie navigable, etc.).

stable relativement brève, étant prise en sandwich entre deux longues périodes de désordre. Le désordre, pourrait-on dire, est l'état naturel du monde ; la stabilité fournie par une forme marchande organisée est l'exception, et non la règle. A tout moment, la société marchande est en train soit de se séparer d'une forme plus ancienne soit de s'approcher d'une forme nouvelle. La longue période d'incertitude et d'apparente régression entre deux formes est appelée crise. La crise s'amorce quand il devient nécessaire de dépenser trop de valeur pour créer et soutenir la demande — c'est-à-dire pour maintenir les consommateurs en état de solvabilité — et quand il faut engager trop de dépenses militaires pour protéger la forme marchande. La crise se prolonge jusqu'à ce que, quelque part, une nouvelle technologie, de nouvelles façons de penser et de nouveaux rapports sociaux génèrent la demande avec plus d'efficacité et soient capables de réduire la proportion des coûts par rapport à la valeur ajoutée totale. Elle se termine quand une nouvelle forme s'organise, quand un nouveau cœur est fondé, quand des technologies et des relations sociales permettent à des entreprises en concurrence sur le marché de remplacer un service non marchand par un objet nouveau produit en série, donc créateur de valeur ajoutée.

Ainsi chaque crise contient l'interaction de pays rivaux rêvant de dominer le monde ou, plus simplement, d'améliorer leur place dans la hiérarchie des nations. Les éléments essentiels des relations internationales peuvent être expliqués par les stratégies qu'emploient des pays pour rester dans l'hinterland, ou pour devenir le cœur, ou bien pour s'échapper de la périphérie, ou enfin pour entrer dans cette périphérie quand ils se trouvent encore en dehors de l'ordre marchand.

Aujourd'hui, nous sommes à la fin d'une crise et à l'aube d'une mutation de ce genre. Pour comprendre ce que cette mutation comportera, examinons quelques-unes des caractéristiques des formes marchandes antérieures.

Du XIIIe au XXe siècle, huit formes se sont succédé, caractérisées par :

- huit cœurs : Bruges (1300) ; Venise (1450) ; Anvers (1500) ; Gênes (1550) ; Amsterdam (1650) ; Londres (1750) ; Boston (1880) et New York (1930).
- huit innovations techniques majeures, les principales étant la presse à imprimer, les méthodes de comptabilité, les mécanismes du gouvernail d'étambot[1], la flûte[2], la caravelle, la locomotive à vapeur, le moteur à combustion interne, le moteur électrique.

Avec l'invention de la technologie, la production s'améliore et la société est en mesure de diminuer les coûts des objets et des services. Les objets nouveaux fabriqués en série remplacent les services de travail intensif auparavant exécutés en dehors du marché, et une nouvelle richesse se crée. Par exemple, la charrette tirée par des bœufs ou des chevaux est remplacée par l'automobile, la lessiveuse par la machine à laver ; les histoires racontées au coin du feu sont remplacées par le théâtre, le théâtre par la télévision. La logique implacable du marché en constante expansion requiert que les

1. Axial ou à charnières.
2. Bateau caboteur à fond plat, voilier rapide genre bateau de pêche, d'origine hollandaise.

services et les objets coûteux en argent et en travail intensif soient remplacés par des services et des objets qui rendront davantage à moindre coût. Dans chaque forme marchande successive, l'unité originelle de production et de consommation — la famille — est réduite progressivement à son noyau biologique tandis que ses fonctions primordiales (que ce soit l'alimentation, les vêtements, l'habitat, l'éducation ou l'amusement de ses enfants) sont transférées au marché. Aujourd'hui, la famille est en danger d'extinction et les services que ses membres se rendaient mutuellement pour rien sont remplacés par des objets produits en série qui doivent être achetés.

Braudel a très bien compris ce processus : « Une économie mondiale a toujours un centre de gravité urbain, une cité, comme cœur logistique de son activité. Les nouvelles, les marchandises, le capital, le crédit, la population, les instructions, la correspondance, tout entre dans la cité et en sort. Ses puissants marchands font la loi, parfois devenant extraordinairement riches. » Mais Braudel savait que rien ne dure à jamais : « Le grand défaut de ces vibrantes cités capitalistes était le prix élevé de leur niveau de vie, pour ne rien dire de l'inflation constante résultant de la nature intrinsèque des fonctions urbaines plus raffinées. » Ainsi, conclut-il, « les cités dominantes n'ont pas dominé à jamais ; les unes ont remplacé les autres (...). De tels changements (...) sont toujours significatifs ; ils interrompent le flux calme de l'histoire (...), révélant la précarité de l'équilibre précédent et les forces de ce qui le remplaçait... Il n'y a de place que pour un centre à la fois dans une économie mondiale. Le succès de l'un implique tôt ou tard l'éclipse de l'autre. »

La question essentielle à laquelle il faut trouver une réponse est : qui décide quelle région ou quelle ville deviendra un cœur ?

Une ville devient un centre ou cœur quand une constellation d'élites politiques et industrielles s'organisent autour d'un projet culturel et consacrent leurs ressources à développer de nouvelles techniques et des moyens de communication plus rapides. A cause de leur tempérament novateur et de leur don d'invention sur le plan technique, elles sont à un certain moment historique mieux à même de satisfaire le besoin universellement ressenti pour un produit nouveau qu'aucun autre groupe au monde. En général, il s'agit d'une nation qui est capable de réagir d'une façon plus imaginative que ses concurrentes pour trouver la solution à un problème. Ainsi, au XVIIᵉ siècle, faute d'assez de terre pour cultiver le blé, Amsterdam a développé l'industrie des colorants. Le manque de ressources adéquates en charbon, en Angleterre, a peut-être été la principale raison de l'usage intensif de la machine à vapeur.

Ces événements coïncident souvent avec une mutation radicale de la pensée religieuse ou de l'organisation politique : Luther et Locke ont contribué à l'ascension d'Amsterdam et de Londres de façon au moins aussi importante que les innovations technologiques de l'époque. De même aujourd'hui, Tokyo, incapable de se développer sur le plan géographique, a appris à maîtriser les techniques de la miniaturisation. Le cliché disant que la nécessité est la mère de l'invention est une vérité économique permanente. L'abondance matérielle ou l'avantage géographique expliquent rarement l'apparition d'un cœur.

Il est important de souligner que ni dans les

formes marchandes d'autrefois ni dans celles qui se présenteront à l'avenir le cœur ne devient obligatoirement le maître du jeu de la politique mondiale. En fait, sont souvent devenus cœurs les pays qui ont su éviter de s'empêtrer dans une guerre qui a épuisé leurs rivaux. (C'est une leçon que nous garderons en tête quand nous essaierons d'évaluer la place future de l'Amérique dans le monde.)

La huitième forme marchande s'est instaurée dans les années 30. Son centre ou cœur était New York, la capitale *de facto* d'une région dont la prospérité était entraînée par la technologie du moteur électrique, qui a rendu possibles des biens d'équipement produits en série et économisant le temps tels que la machine à laver, le réfrigérateur et l'aspirateur. La Deuxième Guerre mondiale a été l'accoucheur de cette forme marchande. Le désir des familles pour des biens d'équipement ménager a été exaucé par la politique de dépenses sociales du keynesianisme et du New Deal au début de la période d'après-guerre, qui visait surtout à mettre entre les mains de la majorité des Américains pouvoir d'achat et propriété de leur lieu de vie. Les facilités de crédit impliquaient que les consommateurs pouvaient toujours acheter de nouveaux produits. Madison Avenue et Wall Street avaient œuvré de leur mieux pour créer et augmenter les marchés concernant des produits de toutes sorte. La forme marchande dont le cœur était New York a exercé une remarquable hégémonie jusque vers le milieu des années 60, où a commencé une crise qui a entraîné une augmentation colossale du coût des biens et des services producteurs. Le désordre a fait irruption dans les marchés des principales monnaies du cœur et de l'hinterland, du milieu, qui l'entourait.

Cette crise durera jusqu'à l'apparition d'un nouveau cœur et de nouveaux biens de consommation.

Le modèle de la façon dont les cœurs mondiaux se développent et déclinent nous aide à comprendre la période de transition dans laquelle nous entrons maintenant. Il offre notamment un aperçu des efforts des États-Unis pour enrayer leur éclipse en tant que pays qui contient le cœur de la huitième forme marchande et empêcher l'ascension de leurs challengers en Europe et au Japon qui cherchent à s'établir comme lieu de nouveau cœur d'une neuvième forme marchande triomphante.

II

LA LUTTE POUR LA SUPRÉMATIE

Les dictatures s'effondrent d'un bout à l'autre du monde, sur chaque continent et dans chaque hémisphère. Aucun tyran n'est plus en mesure de s'isoler avec succès du flot montant de la démocratie. Les communications électroniques et la télévision rendent les frontières poreuses. Les notions traditionnelles de souveraineté nationale perdent de plus en plus leur sens. Le fax et la vidéocassette rendent possible de percer le voile de la censure d'État. Néanmoins, même si le monde semble de jour en jour devenir plus rassemblé, plus homogène dans ses valeurs culturelles et ses aspirations matérielles, même si de vastes sociétés s'établissent dans tous les pays, le pouvoir reste entre les mains d'une élite. Une élite, en outre, qui réside dans ces quelques lieux où la puissance et la fortune s'accumulent, où se tranchent les questions cruciales qui se posent à la planète.

La huitième forme marchande, dont le cœur est New York, se trouve déchirée par une crise grave.

Elle affronte une concurrence acharnée. D'autres régions du monde désirent devenir le centre d'une nouvelle forme marchande. Il est trop tôt, bien sûr, pour prédire avec certitude où se situera le futur cœur de l'économie mondiale. Par contre, nous pouvons déjà voir un nouveau monde en train de lutter pour naître, annonçant une nouvelle ère de développement. La culture du choix ou, en d'autres termes, l'impératif du marché et de la démocratie, agit en accoucheur de la neuvième forme marchande qui s'annonce. La faculté de créer, de produire, de commercer est inextricablement liée à l'extension du pluralisme politique. Ce qui se passe dans les rues et les parlements de Budapest, de Soweto, de Santiago et de Moscou, reflète ce processus d'évolution.

Une évolution qui perturbera les dispositions actuelles de l'économie et de la sécurité nationale et modifiera les règles de la géostratégie car, dans les répercussions de l'hostilité idéologique de la guerre froide, la géographie imposera de nouveau sa loi à l'histoire. Au cours du dernier demi-siècle, l'ordre du monde a été organisé autour de ce qui pourrait être décrit comme une pyramide et deux piliers. La pyramide est la forme prise par la huitième forme marchande de l'ordre de l'argent. A son sommet se trouvent les États-Unis, avec d'autres nations disposées selon une ligne hiérarchique descendante autour du sommet américain. Le dollar dominait la monnaie internationale, la culture populaire américaine régnait en maîtresse. Ce fait fondamental a été le point de départ de toutes les réflexions et théories concernant l'économie politique mondiale.

Les deux piliers, vestiges de l'ordre de la force, étaient les deux principales puissances nucléaires

— les États-Unis et l'Union soviétique — qui imposaient leurs vues à leurs alliances respectives et étaient les arbitres des conflits régionaux. Ce fait fondamental a été le point de départ de toutes les réflexions et théories concernant la stratégie militaire contemporaine.

Aujourd'hui, cet édifice se désintègre sous nos yeux : la pyramide est en train de changer de sommet ; un des piliers s'écroule. La position en pointe de l'Amérique est sévèrement menacée ; dans l'est de l'Europe, l'ordre de la force cède le pas à l'ordre de l'argent. Ces événements modifient profondément la nature de la lutte économique et du conflit militaire à l'échelle de la planète. Bientôt on ne pourra plus parler en propres termes de Nord-Sud ou d'Est-Ouest. Les anciennes catégories de la guerre froide sont périmées.

Il serait téméraire de croire que soit l'effacement total des États-Unis soit la dissolution complète de l'Union soviétique sont des faits irréversiblement établis. Il est seulement certain que le nouveau cœur, au sens donné à ce mot dans le chapitre précédent, se consolidera quelque part dans les deux espaces dominants — l'Europe ou le pourtour du Pacifique — et que l'est de l'Europe adoptera l'économie de marché. Pour le reste, tout dépend de la façon dont les changements seront gérés. Les États-Unis pourraient accueillir de nouveau le cœur, mais cela exigerait un effort de volonté herculéen de la part de la nation pour utiliser de façon efficace les atouts du pays. Cet effort, au degré qui est requis, sera difficile. Si le déclin économique de l'Amérique se concrétise en une réalité, l'Europe souffrira. Mais si l'ouest de l'Europe est capable de lier l'est à son développement, une Europe intégrée a une chance d'assumer le rôle de cœur de l'économie mondiale. Elle pourra alors devenir le centre le plus peuplé, le plus riche et le plus créateur du monde.

Sinon, le nouveau cœur sera vraisemblablement le Japon, car cette nation insulaire combine les conditions nécessaires pour attirer le pouvoir monétaire, industriel et même culturel du globe. Le Japon a plusieurs supériorités sur l'Amérique et sur l'Europe : la production en série de biens de consommation de haute technologie y a été développée depuis plus longtemps que partout ailleurs ; il existe là-bas un pacte cohérent entre l'État et l'industrie animés d'une volonté commune de prendre, garder et agrandir leur part de marché ; il y a une tradition culturelle typiquement japonaise d'empire sur soi, une obsession de créer un consensus parmi la population ; et, finalement, il y a une énorme influence sur un hinterland (lisez : les États-Unis d'Amérique et les Tigres asiatiques — Hong Kong, Singapour, la Corée du Sud et Taiwan) qui est déjà avancé.

Ces deux nouveaux candidats au rôle de cœur de la neuvième forme marchande se sont embarqués dans une concurrence vigoureuse. Les enjeux sont élevés, car ils ne sont rien de moins que la maîtrise économique et politique du monde. Aucun ne l'a encore emporté sur l'autre. A l'intérieur de chacun de ces espaces rivaux, on peut voir une croissance considérable du commerce, des marchandises, de la population, de l'information ; cette croissance intérieure est encore plus rapide que celle du commerce extérieur. Chaque espace forme un groupe fermé, homogène. Dans chacun, la principale puissance économique — le Japon d'un côté, la Communauté européenne de l'autre — dépasse la principale puissance militaire : les États-Unis d'un côté, l'Union soviétique de l'autre. Un processus d'intégration accentuée et de rivalité intensifiée modèle cette évolution.

Pour comprendre où ce double mouvement peut conduire, et lequel de ces deux espaces finira par dominer l'autre, il est utile de mettre au clair certains faits et tendances présents dans chacun d'eux. Par espace du Pacifique, j'entends le groupe formé par les pays du pourtour du Pacifique, c'est-à-dire (dans un sens général) l'Océanie : les pays en rapide développement de l'Asie orientale (le Japon, la Corée du Sud, la Malaisie, l'Indonésie, Singapour, Taiwan, les Philippines, Hong Kong) et toutes les nations de l'Amérique du Nord et du Sud. Je n'inclus ni la Chine ni le Vietnam. Cette énorme région est devenue un lieu d'explosion économique. Les populations et la production croissent rapidement, les réseaux de transport se multiplient et le commerce intérieur s'accroît plus rapidement que le commerce avec le reste du monde. Nous assistons à la formation d'un espace économique vraiment intégré ; la puissance se déplace d'une côte du Pacifique à l'autre.

Cependant, il y a des conditions importantes auxquelles doit satisfaire tout candidat au statut de cœur de la prochaine économie mondiale, des conditions que le Japon surtout risque de trouver difficiles à remplir. Par exemple, le Japon est-il capable de créer des valeurs sociales auxquelles puissent adhérer les peuples du monde entier ? Le Japon est-il désireux d'assumer le rôle de protecteur militaire de la périphérie et de l'hinterland, un rôle dont doit se charger le cœur ? Les réponses ne sont nullement évidentes, surtout après l'attitude passive du Japon pendant la guerre du Golfe. Pour la première fois dans l'histoire du capitalisme, une nation qui pouvait devenir un cœur hésite à payer le prix et à porter le fardeau du manteau impérial qu'il faut endosser. La leçon de l'histoire, qui enseigne que le sommet est le point le plus proche du précipice, a été particulièrement bien apprise par le Japon.

Sans doute les États-Unis n'ont-ils aucune intention d'abandonner de plein gré le centre de la scène. Et, certes, l'Amérique a la chance de posséder des ressources considérables sur le plan financier, technologique et démographique. Pourtant, à moins de changements spectaculaires, elle n'a pas les moyens suffisants pour remporter une victoire décisive sur le Japon.

Le phénomène qui prédomine dans les États-Unis d'aujourd'hui est le déclin économique continu de la nation. Beaucoup refusent encore de le croire. Les pontifes ont pris l'habitude de citer la victoire de Washington sur Bagdad comme la preuve irréfutable que les prophètes du déclin ne pourraient pas se tromper plus grossièrement. Ils décomptent la puissance des États-Unis en ogives nucléaires, leur vaste équipement militaire doté de tous les avantages technologiques concevables. Ils jaugent la puissance de leur industrie aérospatiale, observent la puissance du dollar, évaluent leurs parts de marché, rêvent sur la richesse encore substantielle de Wall Street, considèrent la dimension de leurs banques (si branlantes que soient leurs fondations), envient la lancée de son économie capitaliste, admirent la créativité d'Hollywood, et beaucoup d'autres choses encore. Quand on leur dit que l'Amérique est en déclin, ils répondent que le rôle décroissant des États-Unis dans l'économie mondiale est dû à la reconstruction des pays dévastés par la Deuxième Guerre mondiale et nullement à une faiblesse fondamentale de l'Amérique. La terre des héros, le foyer des hommes libres, insistent-ils, demeurent aussi forts et aussi dynamiques que jamais. Finalement, à les en croire, même si l'économie américaine devait tomber dans un grave déclin, le pays saurait donner le coup de reins nécessaire pour reprendre l'initiative, pour reconquérir son rôle de leader. En outre, l'Amérique est fille de l'Europe, dit-on, et est par conséquent tournée de façon permanente vers l'Atlantique et la Méditerranée, non vers le Pacifique.

Aucun de ces arguments n'est convaincant, malheureusement. L'industrie est l'unique base durable de la puissance d'un pays et c'est dans ce sens que les signes du déclin relatif de l'Amérique apparaissent partout. C'est regrettable, car mieux vaut pour l'Europe et le monde que l'Amérique reste saine et forte. Mais les faits sont les faits.

Par exemple, la productivité de l'industrie américaine (qui est encore la plus grande du monde) a une croissance trois fois plus lente que celle du Japon et deux fois plus lente que celle de l'Europe. Aucun des nouveaux produits apparus ces dernières années ne provient des États-Unis, à l'exception notable du microprocesseur. Même les biens de consommation traditionnels ne sont plus fabriqués de façon compétitive. Les États-Unis n'exportent pratiquement plus d'automobiles, de téléviseurs ou d'appareils ménagers fabriqués aux États-Unis. Pour les produits utilisant la technologie moderne, ce qui comprend presque les trois quarts des exportations des États-Unis et trois quarts de la production américaine, la balance commerciale est de plus en plus déficitaire. Pour les produits de haute technologie, les États-Unis n'ont une balance commerciale positive que dans les deux secteurs où ils ont exercé un quasi-monopole pendant une longue période, mais qui ne durera plus tellement : l'aérospatiale et les ordinateurs. Pour tous les autres produits, le déficit s'est multiplié par six en dix ans. Même dans l'industrie des armes, de l'aérospatiale et des ordinateurs, où les États-Unis possèdent l'avantage, des entreprises concurrentes se multiplient dans d'autres pays, ce qui laisse présager une baisse de la part de l'Amérique dans ces quelques marchés qu'elle domine encore. Bien sûr, les sociétés américaines ont des filiales outre-mer que ne prennent pas en compte les statistiques commerciales, sauf sous la rubrique de bénéfices rapatriés à la maison mère. Mais ce qui n'est pas fabriqué aux États-Unis même ne profite qu'indirectement à l'économie américaine.

Le déficit économique s'est accru tandis que le rôle de l'Amérique dans l'économie mondiale a régressé : au cours des quinze dernières années, l'industrie américaine a perdu six points de sa part de marché mondial. Au cours de la même période, le Japon a gagné quinze points. La part de l'Amérique dans le marché mondial de la machine-outil — un produit essentiel indicatif de la compétitivité économique d'un pays — est tombée de 25 p. 100 à 5 p. 100 en trente ans, alors que celle du Japon s'accroissait de 0 p. 100 à 22 p. 100.

Afin de financer ce déficit, les États-Unis ont toléré l'usage grandissant du dollar par des créanciers étrangers et, dans un système de monnaie flottante, le dollar est devenu l'unité de valeur universelle, tant pour les paiements que pour les réserves. En foi de quoi, la dette extérieure des États-Unis a augmenté massivement, dépassant maintenant leurs avoirs à l'étranger. L'accroissement énorme du coût du budget de l'éducation, de la santé et de la défense le rend impossible à supporter sans un financement entraînant un déficit. Les ponts, les routes, les écoles et les hôpitaux se détériorent et réclament à cor et à cri des réparations. Pour éviter d'augmenter les impôts, la société américaine a réduit ses investissements d'infrastructure (ce qui diminue l'efficacité de l'économie de marché) et a emprunté sur le marché — c'est-à-dire principalement au Japon — les montants nécessaires pour financer son déficit. L'épargne américaine s'amoindrit de plus en plus, rendant difficile de financer des investissements futurs. Les circuits financiers privés semblent incapables de réagir devant cette évolution. Ils acheminent les prêts vers les industries traditionnelles plutôt que vers les entreprises novatrices, vers des emprunteurs étrangers plutôt que vers des emprunteurs nationaux, vers les grosses affaires plutôt que vers les petites entreprises, vers l'agriculture plutôt que vers l'industrie.

Accroissement du coût des services, baisse de l'épargne, augmentation du nombre des mendiants, criminels et drogués, manque d'enthousiasme pour l'industrie, faible vision à long terme concernant le marché mondial des biens de consommation : l'Amérique ne s'attache pas assez à produire les biens dont elle a besoin, ni à exporter ce qui est requis pour financer et réduire sa dette. Cette évolution affligeante provient d'une mutation culturelle profonde — le culte de la satisfaction immédiate, le manque d'internationalisme, la faiblesse de la solidarité sociale mondiale, tout cela est le reflet de l'abandon par un pays des valeurs pour lesquelles il était si universellement admiré.

Cette fâcheuse situation peut être modifiée par la relance d'un effort pour investir dans l'industrie et dans l'infrastructure nécessaire à une économie de marché efficace, par une augmentation de l'épargne, l'arrivée de nouveaux produits ou une volonté de conquête commerciale. L'utilisation du « jardin de derrière » de l'Amérique en Amérique latine et en Amérique centrale est le principal atout du pays. Pour qu'une telle régénération réussisse, il faut que les États-Unis deviennent une nation parlant l'espagnol. Ce qui est fort improbable.

Le centre économique des États-Unis continuera à se déplacer vers le Sud et vers la côte du Pacifique. C'est dû à un aspect complètement nouveau dans l'évolution en cours aux États-Unis. Son commerce et ses échanges économiques avec l'Europe ne s'accroissent pas au même rythme que son commerce transpacifique. Déjà le commerce dans le Pacifique dépasse de moitié le commerce transatlantique. S'il continue au rythme actuel, il aura doublé avant la fin du siècle. Ce commerce transpacifique est un révélateur particulièrement cruel du déclin économique relatif des États-Unis. La cause en est que le mouvement des marchandises est essentiellement à sens unique : le déficit américain avec l'Asie atteint près des deux tiers du déficit total des États-Unis et égale un tiers de la totalité de son commerce, soit environ cent milliards de dollars, dont la moitié avec le seul Japon.

De nombreux observateurs prétendent que le déficit américain n'explique pas le protectionnisme japonais et la nature archaïque des réseaux de distribution japonais. Cette explication, encore que partiellement exacte, semble insuffisante. Certes, la protection japonaise aggrave le déficit américain, mais elle ne suffit pas à le créer : avec le temps, le protectionnisme ne résiste pas à la compétitivité des produits.

Ainsi tout semble indiquer que, dans cet espace

du Pacifique en émergence, la maîtrise d'investissements massifs dans des industries fondamentales — autrement dit le pouvoir économique dans son aspect le plus essentiel — est localisée aujourd'hui au Japon. En tout juste vingt ans, une nation vaincue dans la Deuxième Guerre mondiale est passée du rang de pays sous-développé à celui d'une des grandes puissances économiques mondiales. La principale preuve de cette conclusion est industrielle. Les entreprises japonaises dépensent pour leur modernisation deux fois plus que leurs homologues des États-Unis. Le Japon fournit plus de la moitié de la production mondiale des microprocesseurs, contre 38 p. 100 en provenance des États-Unis, qui sont les inventeurs de cet élément essentiel de la technologie d'aujourd'hui, et 10 p. 100 en provenance de l'Europe pour un marché mondial de 500 milliards de dollars. Les entreprises japonaises définissent les biens de consommation qu'elles veulent produire et en déduisent le progrès technique qu'il est nécessaire d'accomplir. Comme elles sont les créatrices des principaux produits de consommation nouveaux, elles ont la possibilité de se lancer dans des investissements qui ne s'annoncent pas d'une rentabilité immédiate. Elles peuvent aussi baisser leurs prix dans le seul but d'étendre ou de consolider leur part de marché. Le Japon a su d'abord imiter, puis inventer ces objets, ces techniques et ces styles dont aura besoin le monde industriel de demain. L'utilisation des robots et la miniaturisation des machines ont été imaginées ailleurs, mais ce sont les Japonais qui en ont généralisé l'emploi, exactement comme à une époque précédente la machine à vapeur a été mise en valeur en Angleterre sans y avoir été inventée.

La raison de cette montée en puissance est principalement culturelle : chaque fois que naît un cœur, c'est par une réaction culturelle à un défi géographique ou à cause du manque d'une ressource essentielle. Au Japon, par exemple, la rareté du terrain habitable a favorisé la miniaturisation des objets ; la peur de l'isolement a incité au développement des moyens de communication ; le manque d'énergie a stimulé la recherche de moyens pour substituer l'information au déplacement ; la fréquence des tremblements de terre a conduit à l'invention d'objets légers, portables et bon marché qui pouvaient être facilement remplaçables. Finalement, à cause de sa longue histoire de violence intestine, la société japonaise a appris à gérer le changement par le consensus. Le mot pour « changement » en japonais — *nemawashi* — signifie aussi « transplantation ». Le changement est peut-être lent à survenir mais quand il se produit il s'enracine profondément.

Ces conditions culturelles et géographiques poussent les Japonais, plus que tout autre peuple, à parier sur l'avenir. C'est un peuple qui épargne plus qu'il ne dépense et exporte plus qu'il n'importe. Il a une vision à long terme de ses intérêts, la capacité de travailler dur, un désir d'atteindre à la qualité, une aptitude à concevoir et à produire de nouveaux objets de consommation de masse, le désir d'apprendre auprès des autres et un dynamisme tourné vers le monde extérieur.

Sans que ce soit déclaré officiellement, le Japon est devenu le pôle dominant de l'espace du Pacifique, un espace qui englobe de plus en plus les États-Unis. Petit à petit, le Japon a pris le contrôle des marchés et des réseaux de communication et d'industries des alentours. Les investissements industriels de Tokyo dans le pourtour asiatique du

Pacifique se sont accrus d'un tiers par an ; le Japon a maintenant la maîtrise de plus d'un tiers des réseaux commerciaux et presque la moitié de la distribution des biens de consommation d'aujourd'hui. Dans ces pays à croissance rapide, les industries japonaises trouvent de grands marchés qui accélèrent leur propre expansion. Rares sont ces pays dont la croissance est inférieure à 10 p. 100 par an. Les quatre « dragons » — Hong Kong, Singapour, Taiwan et la Corée du Sud — se sont élevés presque au niveau des pays européens les plus développés. En outre, la croissance de leur population — et la croissance correspondante du nombre de consommateurs — est particulièrement rapide. Au total, les nations asiatiques du pourtour du Pacifique produisent le sixième du produit national brut (P.N.B.) mondial. A la fin du siècle, leur P.N.B. sera égal à celui de la Communauté européenne ou des États-Unis. Le commerce entre elles constitue déjà un dixième du commerce mondial, et considérablement davantage pour le commerce transpacifique. La croissance de ce commerce est si rapide que, dans dix ans, la moitié du commerce mondial s'effectuera dans le pourtour du Pacifique. Déjà, six des plus grands ports du monde sont situés du côté asiatique du Pacifique, et plus de la moitié de tout le transport de fret aérien de la planète traverse le Pacifique (on s'attend à ce que ce trafic soit multiplié par six d'ici l'an 2000).

Ce commerce stimule énormément la croissance du Japon et précise le rôle prépondérant de ce pays dans l'économie de l'espace qu'il domine. Son efficacité sera grandement accrue par la réduction du principal handicap qui retarde ou limite la croissance dans cet espace. Ce handicap est la distance. Comme toujours, la proximité géographique avec des partenaires commerciaux est la clef qui ouvre sur une prise de conscience de l'appartenance à un même monde et qui permet la naissance d'habitudes de commerce et de synergies d'industries. Comme les distances entre voisins du Pacifique sont encore trop grandes pour faciliter l'échange d'idées, de travail, de marchandises avec les mêmes rapidité et efficacité qu'en Europe et aux États-Unis, le Japon doit faire de gros efforts pour surmonter cet obstacle. Un bond en avant dans l'accélération des communications est encore nécessaire.

Une révolution dans le domaine des communications s'est déjà produite en ce qui concerne le transfert de l'information : le téléphone, le fax, les câbles et les satellites, tous permettent la transmission — à n'importe quel moment, dans n'importe quel endroit du monde, à virtuellement la vitesse de la lumière — de dessins, plans et images d'une nécessité vitale pour la production industrielle et l'usage individuel. Ce n'est pas un hasard si les Japonais sont les premiers dans ce secteur.

Transporter des marchandises et des personnes à travers l'immensité de l'océan Pacifique requiert une nouvelle génération d'avions et de navires. Des avions hypersoniques qui peuvent atteindre des vitesses de Mach 3,5 et Mach 5 sont à l'étude. S'ils sont commercialisés avec succès, ces appareils seront capables de mettre Tokyo à moins de deux heures de n'importe quel point du Pacifique. Plusieurs pays sont en concurrence pour le privilège d'être le premier à concevoir et à construire ces appareils, dont la France, la Grande-Bretagne, l'Allemagne, les États-Unis et, bien sûr, le Japon. La réussite de ces projets dépend de progrès techniques majeurs dans le domaine des matériaux, de la propulsion, de l'aérodynamique, des structures, des combustibles, ainsi que pour le dessin d'un moteur assurant le décollage, le passage aux vitesses supersoniques et l'accélération, la rentrée dans l'atmosphère et l'atterrissage. Que ce genre d'appareil soit effectivement créé n'est pas une question réglée, car il n'est vital pour aucun pays en dehors des riverains du Pacifique. Les Japonais, qui sont les plus concernés, y travaillent activement et il est possible qu'ils produisent le premier avion répondant à ces normes, presque sûrement en coopération avec les États-Unis. (Boeing collabore déjà avec Mitsubishi pour fabriquer le 767 et pour modifier le 777.) Cet appareil permettra aux nations du Pacifique de vivre dans un espace-temps similaire à celui de l'Europe unifiée. Le Japon se prépare à cette éventualité : il projette de construire près de Tokyo une île artificielle où un nouvel aéroport, comme l'*airtropolis* de Singapour, concentrera les moyens de communication de l'avenir et sera en mesure de recevoir le nouvel appareil hypersonique.

Des progrès de même ampleur sont nécessaires et prévisibles dans le domaine de la navigation maritime. D'ici quinze ans, des bateaux plus rapides et plus économes en énergie que ceux d'aujourd'hui mettront tous les ports d'Asie à moins de vingt-quatre heures les uns des autres et réduiront la traversée du Pacifique à trois jours. Là encore, un progrès considérable est requis pour maîtriser la technique nécessaire sur le plan de la dynamique, des matériaux et de la propulsion. De même que la galère et la flûte ont aidé à faire de Venise et d'Amsterdam des villes-cœurs, de même le Japon, s'il souhaite sérieusement devenir le cœur de l'espace du Pacifique, doit reprendre en main des chantiers navals qui sont pour le moment délaissés au grand profit de la Corée du Nord.

Finalement, le Japon a intérêt à progresser dans le domaine du transport par terre. L'industrie automobile japonaise a déjà pris une avance assez considérable dans tout le pourtour du Pacifique. On s'attend à ce qu'elle double sa part du marché de la production aux États-Unis dans les quelques années qui viennent. Le Japon travaille aussi à des moteurs à hydrogène révolutionnaires. Dans les quinze prochaines années, des trains magnétiques à grande vitesse mettront toutes les villes insulaires à une heure de Tokyo, transformant ainsi l'archipel japonais en une métropole unifiée, un centre gigantesque capable de coordonner l'espace qu'il a l'ambition de dominer.

S'il est vrai que des différences culturelles et géographiques parmi les divers pays qui composent l'espace du Pacifique vont gêner son intégration totale, le Japon ne trouvera pas cette difficulté insurmontable. Avec délicatesse et diplomatie, il révèle lentement son écrasante supériorité technique, financière et économique. La maîtrise de la mer est essentielle, de toute évidence. Une fois que le Japon l'aura acquise, il sera en mesure de dominer ses partenaires. Un problème demeure toujours, bien sûr, celui de savoir comment cet espace sera protégé sur le plan militaire.

Tokyo est déjà un centre important des finances mondiales : c'est là qu'est concentrée une grande partie des bénéfices et des instruments financiers du monde. Au moins huit des dix plus grandes banques du monde y ont leur siège. Le système de prise de décision japonais — cette énigmatique et curieuse coalition d'hommes d'affaires et de fonctionnaires de haut rang — exige un niveau élevé de possession de biens fonciers et de fonds pour avoir en main une capacité d'achat considérable, visant principalement des entreprises américaines et européennes. La hausse du yen n'a pas ralenti l'invasion des marchés mondiaux par les produits japonais. Ceci a contribué à faire passer la valeur des actifs boursiers japonais de 10 p. 100 à 55 p. 100 de la valeur totale des bourses mondiales. Dans la même période, la valeur des actifs américains est tombée de 40 p. 100 à 20 p. 100 du total mondial.

Ce mastodonte qu'est le Japon continue à prendre de la force. A cause de ses exportations, et de son exportation de capital, le Japon accumule chaque année un surplus de 200 milliards de dollars, qu'il investit dans des entreprises du monde entier, mais principalement aux États-Unis (deux tiers des achats d'obligations par les Japonais s'effectuent aux États-Unis). Le Japon a déjà acquis le noyau essentiel de l'espace immobilier de bureaux, ainsi que de nombreuses entreprises de taille moyenne. Les intérêts japonais possèdent déjà un tiers des biens immobiliers dans le quartier des affaires à Los Angeles, ainsi qu'une grande partie de cette image sacrée de la prééminence industrielle américaine qu'est Rockefeller Center à New York. Sony et Matsushita ont, à la stupeur générale, mis la main sur l'usine à rêves d'Hollywood en achetant l'un *Columbia Pictures* et l'autre *MCA*. Le groupe Mitsui, par exemple, détient le tiers du capital de soixante-quinze entreprises américaines pour un revenu total annuel de 17 milliards de dollars, et espère doubler le nombre de filiales d'ici quelques années. En 1989, les sociétés japonaises ont investi deux fois plus que l'année précédente dans des entreprises américaines de technologie avancée ou dans des investissements stratégiques.

En outre, il semble de plus en plus évident que le Japon va d'ici peu créer la majorité des images qui traverseront le Pacifique (et peut-être même avoir la haute main dessus). Il y a de fortes chances pour que le Japon fixe les normes de produits comme la télévision à haute définition dans tout l'espace du Pacifique, et peut-être aussi ailleurs dans le monde. Cela se produira presque certainement si l'Europe et l'Amérique ne parviennent pas à s'unir pour contre-attaquer. Le Japon imposera alors ses produits aux consommateurs américains, vendant tous les postes de télévision, tous les scanners et tous les systèmes de conception assistée par ordinateur. Pour les États-Unis, cette tournure des événements sera une passe critique. Elle se produira au moment même où la fabrication des images et des moyens de leur transmission impose de plus en plus leur caractère aux objets, marchandises et produits de toute sorte. Si les États-Unis se révèlent incapables de rivaliser dans ce domaine, leur déclin économique relatif en sera aggravé considérablement.

Les États-Unis risquent de se retrouver transformés en une sorte d'hinterland pour un nouveau cœur localisé à Tokyo. L'Amérique deviendrait le grenier à blé du Japon, comme la Pologne était celui des Flandres au XVIIIe siècle. Il y a en Amérique plus de terrain consacré à la production agricole destinée aux bouches japonaises que toute la superficie terrestre du Japon. L'épargne japonaise aide déjà à payer les salaires des fonctionnaires de Washington par le biais du financement du déficit. Les universités américaines forment dans une large mesure les cadres scientifiques de son principal rival économique.

Il n'est guère probable que les États-Unis acceptent, finalement, les humiliations qu'implique cette subordination. Quand les Américains se rendront compte de ce que seront les conséquences géostratégiques et culturelles de ces phénomènes, ils se ressaisiront et réagiront avec plus ou moins de bonne grâce. D'aucuns proposeront, comme certains l'ont déjà fait, de « condamner les écoutilles », de fermer l'économie américaine à la compétition mondiale (lisez : japonaise). Le jour n'est pas éloigné où les États-Unis, invoquant des raisons de sécurité nationale, s'opposeront à la prise de contrôle des principales sociétés d'Amérique par des intérêts japonais. Se poseront alors sans doute d'importants problèmes stratégiques. Le Japon fournit déjà plus d'un tiers des technologies clefs pour l'arsenal de l'Amérique.

Les États-Unis peuvent (à grand-peine) résister à l'avancée japonaise en prenant une autre voie, en rompant des relations établies, en détruisant des alliances d'entreprises, en créant une nouvelle zone économique dans l'hémisphère.

Le commerce avec l'espace européen de l'autre côté de l'Atlantique aiderait à inverser la tendance. Les États-Unis tenteront peut-être d'entrer dans l'espace européen. Et cette tentative sera bien accueillie parce que c'est dans l'intérêt de l'Europe de voir que l'Amérique ne décline plus. Cela renforcera l'Europe dans sa concurrence avec le Japon.

En ce qui concerne l'avenir immédiat, l'organisation institutionnelle de l'espace du Pacifique ne peut que demeurer officieuse et ambiguë, une façon de sauver la face qui masque la réalité, un transfert capital de puissance. Avec le temps, les États-Unis s'adapteront sûrement à une nouvelle identité. Peut-être que dans les premières années du prochain siècle un autre cadre d'institutions codifiera la réalité. Ces institutions seront nécessaires pour relier les divers pays qui constituent l'espace du Pacifique. Cet espace finira par s'organiser mais d'une façon bien différente de la Communauté européenne. Les pays du Pacifique sont gênés par leur manque d'histoire commune. Ils ne partagent pas non plus une compréhension intime des modèles et du niveau de développement de leurs voisins. En outre, leur intégration grandissante en dépit de ces obstacles soulèvera inexorablement des questions sur la nature des rapports de force entre les États-Unis et le Japon. Pour le moment, et pour longtemps encore, aucune des deux nations n'est prête à se colleter avec le changement de relations que répondre à ces questions entraînerait. Il sera de l'intérêt de tous d'essayer de trouver des moyens de sauver la face d'une puissance en déclin mais grande encore.

Il est possible que le Japon refuse de continuer à assumer le rôle politique de centre économique et préfère limiter son influence aux nations occidentales du Pacifique. Mais cette décision est trop évocatrice de ce qui s'est passé plus tôt dans ce siècle : son ambition désastreuse d'établir « un plus grand espace de coprospérité ». Les populations de la région chancellent encore sous le poids de ce souvenir. Toutefois, il est peu probable que le Japon soit capable de restreindre son désir de puissance et, en fin de compte, il cherchera à créer d'un bout à l'autre de l'espace du Pacifique les conditions qui lui permettront de prendre la place de cœur. Peut-être son actuelle réticence à proclamer *urbi et orbi* cette ambition est-elle une feinte, une stratégie destinée à dérouter ses concurrents. Peut-être prétend-il seulement jouer avec l'idée qu'il ne désire pas être le cœur et nous dit-il cela pour que nous confondions son insistance avec son intention — de sorte que Tokyo ait une meilleure chance de l'emporter sur tous ses rivaux.

L'évolution de l'espace européen est plus difficile à prédire. Jusqu'à ces derniers temps, son avenir semblait clair. 1992 allait voir s'établir une « forteresse Europe ». Mais le glissement de la seule partie ouest de l'Europe vers l'intégration économique qui avait semblé prévisible a été enrayé par les événements de 1989. Une Europe unique est de nouveau possible, mais de même aussi l'éclatement nationaliste et irrédentiste, la guerre et la régression. L'intégration politique à l'Ouest reste fragile, la démocratisation à l'Est demeure soumise à bien des aléas et les deux parties de l'Europe trouvent excessivement difficile d'opérer leur jonction économique.

Toutefois, à l'Ouest, on peut voir naître un bloc dans le moment même où, à l'Est, un bloc se désintègre. Des pays rebondissant de la périphérie vers l'hinterland et simultanément de la dictature à la démocratie, hésitent à rejoindre un nouveau bloc. Mais ils y seront néanmoins forcés. Un jour, la totalité de l'Europe sera unie, d'une manière ou de l'autre, gorgée d'institutions continentales. Ainsi naîtra une formidable puissance : l'espace européen. Les alliances militaires en Europe évolueront en réseaux de coordination politique dans tous les pays européens. Les moyens de transport fondamentaux se feront par voie terrestre. Les technologies du rail seront cruciales. Dans les circonstances actuelles, on ne saurait dire qui dominera cette immense région et où sera le cœur de l'espace européen. L'équivalent européen de l'archipel japonais, quadrillé et couvert d'un réseau de voies ferroviaires à grande vitesse, est la région qui s'étend de Londres à Milan, en passant par Bruxelles, Paris et Francfort. Cette zone semble être la mieux placée comme candidate au statut de cœur de l'espace européen. Le contrôle des capitales permet à ce couloir, non sans quelque résistance, de déterminer le mouvement des marchandises et du négoce.

Parce qu'elle a passé des dizaines d'années en exil forcé loin du reste de l'Europe de l'Ouest, il se passera encore d'autres dizaines d'années avant que Berlin puisse postuler le rôle de cœur avec les avantages du couloir Londres-Milan.

Le cœur européen probable a aussi ses handicaps. Il n'a pas la maîtrise de toutes les technologies de l'avenir et sa population vieillit. La croissance démographique, la créativité et l'orientation vers l'exportation du sud de l'Europe lance un défi à la domination de cette zone située plus au nord.

Finalement, le cœur de l'espace européen sera situé dans le lieu qui mettra au point les systèmes transeuropéens de transport et de communication les plus évolués (en 2010, Paris et Moscou pourront être reliés par des trains à grande vitesse), qui deviendra le centre des recherches et de l'innovation et qui possédera la cohésion sociale la mieux à même d'assurer la gestion d'un continent en plein bouleversement social.

La partie engagée entre l'espace européen et l'espace du Pacifique n'est pas encore perdue. Si l'Europe en son entier sait comment s'organiser, elle a des atouts fantastiques alors même que le Pacifique possède à l'heure présente une avance considérable. Entre ces deux sphères d'influence, la rivalité provoquera des tensions commerciales, financières et politiques, visant la domination de la technologie, des entreprises et des marchés, en particulier dans leurs périphéries respectives (l'Afrique pour l'Europe ; l'Amérique latine et le Sud-Est asiatique pour le Japon).

Pas mal de choses devront se passer si l'Europe veut vraiment disputer au Japon le droit de régner en tant que cœur de la neuvième forme marchande. Si l'ouest de l'Europe progresse vers l'unité politique et l'est de l'Europe réussit sa démocratisation, si ces deux blocs inventent des moyens audacieux de s'unir, de s'entraider, alors il n'est pas impossible d'imaginer une victoire de l'Europe sur son rival asiatique. Grâce à un prodigieux surcroît d'effort, de créativité et de travail, l'écu surpassera le dollar et le yen, le niveau de vie en Europe surpassera le niveau le plus élevé de l'Asie et les valeurs de la société civile européenne — la liberté et la démocratie — s'étendront à la planète entière.

Cette vision semblera peut-être excessive : absorber dans la forme marchande de l'Occident les pays de l'est et du centre de l'Europe se révèle déjà difficile. Néanmoins, beaucoup a été accompli. Les douze nations engagées dans la construction de la Communauté européenne établiront un marché unique et en tireront les conséquences pour coopérer en ce qui concerne la fiscalité, l'éducation, la recherche scientifique, le droit international, la réglementation des affaires, la politique sociale et la protection de l'environnement.

Ce processus contient une logique interne inflexible, une logique qui pousse les États de l'ouest de l'Europe vers une intégration politique et militaire toujours plus grande. Déjà, ils ont décidé d'entreprendre la création d'une monnaie commune et, par la suite, d'une banque centrale, ainsi que de procéder à la défense de l'environnement grâce à des institutions transnationales. Par la suite, elles envisageront une convergence de leurs politiques étrangères et de leurs stratégies de défense. Ce processus est irréversible, à moins que ce qui se passe à l'Est, et en particulier en Union soviétique, ne remette tout en question. S'il réussit, ce processus permettra à l'Europe de devenir un leader politique mondial, en plus de son rôle économique.

La construction d'un espace européen est rendue possible, bien sûr, par l'effondrement de l'ancien ordre de la force dans l'est de l'Europe. Cet effondrement n'était inattendu que parce qu'il a été aussi rapide. Bien avant 1989, à l'évidence, il ne pouvait pas y avoir de richesse sans créativité et pas de créativité sans démocratie. Pour l'Union soviétique, et par conséquent pour les régimes communistes de l'est de l'Europe, le choix était entre mourir ou changer l'ordre existant. Le spectacle de l'abondance à l'Ouest, que la *glasnost*[1] a aidé à mettre en vedette, a accéléré la vitesse de cet effondrement.

Le défi, maintenant, est de rapprocher de l'Ouest les régions de l'est de l'Europe. Pour que ceci se réalise, l'Europe de l'Est doit — ce dont il y a lieu de douter — évoluer successivement dans trois directions.

Premièrement, une société civile, régie par la loi et la constitution d'institutions démocratiques, doit être mise en place. Comme cela se produit déjà avec une certaine rapidité, les partis communistes

1. Du mot russe signifiant « publicité », c'est — on s'en souvient — une politique de transparence de la vie publique accompagnant le changement d'orientation *(perestroïka)* conduit par Mikhaïl Gorbatchev. (Source : Petit Larousse.)

doivent être remplacés par des partis qui acceptent le pluralisme et le transfert du pouvoir, sujet aux élections. Jusqu'à présent, à l'exception de la Roumanie, l'est de l'Europe a assisté à la première révolution non sanglante de l'histoire. On redoute qu'elle ne puisse demeurer telle. C'est particulièrement vrai en Union soviétique. Néanmoins, quel que soit le dénouement, quelque spectaculaire et tragique, l'élan plus profond sous-jacent qui pousse la société vers l'ordre marchand et la démocratie ne perdra rien de sa dynamique.

Deuxièmement, ces pays auront à développer des économies de marché. Le passage de sociétés dans lesquelles la pénurie est gérée par des files d'attente devant la porte des magasins à une société dans laquelle la pénurie est gérée par des prix élevés ne peut advenir sans le bouleversement de ce que nous pourrions appeler le « choc du marché ». Le chômage, l'inflation et l'endettement menacent ces économies qui sortent de la stagnation. Cependant, elles n'ont guère d'autre alternative sinon de confronter la réalité du bas niveau de leur développement en confiant la fonction de distribution aux prix et en mettant en place un cadre juridique qui garantit l'autonomie des entreprises, l'infrastructure et un filet de protection sociale.

Ce changement requiert une transformation des mentalités. En somme, on demande à la société de se métamorphoser de société où la violence est contenue par la force en société où la violence est contenue par l'argent. Ce qui sera obtenu — pour utiliser un exemple simple — en résolvant des problèmes similaires à ceux de l'Amérique latine : réseaux de distribution mal développés, marché noir, inflation, chômage, endettement. Aucun de ces problèmes n'a de solution miracle. Les populations de l'est de l'Europe doivent transiger avec la réalité de leur niveau de développement et permettre aux prix d'accomplir leur fonction de distribution, ainsi que mettre en place un système légal qui donnera aux entreprises un véritable pouvoir de décision. Le fait que l'Europe est un continent de quelque 700 millions d'âmes est un atout pour que la transition soit un succès.

Il y a là un risque de crises, de retraites, ou bien de défaites, comme nous l'avons vu — dans un contexte complètement différent — avec l'exemple de la Chine. Même si ces réformes sont appliquées courageusement, dans un esprit de justice et avec de l'habileté politique, il leur faudra longtemps pour produire les résultats désirés, en admettant qu'elles les obtiennent. Des entrepreneurs ne surgiront pas du jour au lendemain pour créer des emplois, pas plus que le capitalisme ne réintégrera des pays d'où il a été jadis éjecté sans douceur.

La réforme politique ne durera que si elle est accompagnée par des réformes économiques qui créent dans la société des noyaux de pouvoir décentralisés et compétitifs. Sinon, le pouvoir de décision, dans le vide, aura tendance à se reconcentrer, surtout en réaction aux conditions sociales chaotiques qui accompagneront le choc du marché.

Troisièmement, en même temps que la réforme politique qui démantèle les structures totalitaires, il faut que s'élabore une culture de tolérance politique. Soulever le couvercle de l'oppression bureaucratique aura fait renaître les haines et les tragédies qui sont si souvent le legs le plus durable de l'histoire — de la Pologne à l'Arménie — et qui laissent une cicatrice dans les cultures nationales. Avec la retraite des tanks, le passé ressurgit et tout doit être renégocié. Autrement, les tanks reviendront sûrement. La réunion des peuples et de leur histoire créera des identités nationales, religieuses, linguistiques et culturelles, y compris certaines dangereusement nostalgiques, qui ne respecteront pas nécessairement la carte géographique d'aujourd'hui. Elles susciteront des rêves de nouvelles alliances et de nouvelles associations, rappelant l'empire austro-hongrois, la Ligue hanséatique, les États baltes, l'empire prussien ou l'empire ottoman.

La tâche d'intégrer l'est de l'Europe au reste du continent n'est pas chose acquise. En un sens, la ligne Oder-Neisse ressemble à une frontière entre le Nord et le Sud beaucoup plus qu'entre l'Est et l'Ouest. L'association de l'est avec l'ouest de l'Europe n'aboutira que si l'Ouest aide à réduire les déséquilibres pour que la convergence puisse se faire. Par exemple, il faut autoriser les exportations afin que les Tchèques, les Polonais et les Hongrois gagnent de quoi financer leurs importations. Il faut rééchelonner les dettes et réduire les taux d'intérêt de sorte que le peu de capital existant puisse être utilisé pour le développement. Des projets comme un système de télécommunications unifié et le financement commun d'une infrastructure couvrant le continent, une agence commune pour la protection de l'environnement, ou des créations d'entreprises conjointes, aussi bien qu'une réglementation de l'administration et des impôts, ces projets aideront à cimenter l'unité du continent. Il faut créer des institutions dans lesquelles les pays de l'est de l'Europe soient partenaires à égalité avec leurs homologues occidentaux.

La première institution paneuropéenne — la Banque Européenne pour la Reconstruction et le

Développement (la B.E.R.D.) est déjà fondée et a un capital de quelque 12 milliards de dollars. Dans cette banque, tous les pays du continent européen (ainsi que le Japon et l'Amérique), agissant en partenaires égaux, étudient et financent des projets divers. Elle est conçue comme lieu d'apprentissage pour passer de l'économie centralisée à l'économie de marché. Elle financera les grands systèmes de transport et de communication qui réduiront les distances entre les peuples, les idées et les produits sur un continent trop longtemps divisé contre lui-même. Le rapprochement entre les deux moitiés de l'Europe dépendra du succès de ces réseaux. Le fait de s'attaquer à ces projets couvrant l'ensemble du continent provoquera une homogénéisation économique et culturelle progressive de ce qui un jour sera un espace européen. Pour la création d'une confédération européenne, pour l'entrée de tous les pays européens dans la Communauté déjà existante, pour la construction d'un « foyer commun » européen, la banque jouera un rôle similaire à celui de la Communauté Européenne du Charbon et de l'Acier (C.E.C.A.) des années 1950, elle sera la pierre angulaire de la Communauté européenne d'aujourd'hui.

Si ce processus réussit, l'espace européen s'unifiera de lui-même, naturellement. Tous les pays de cette région appartiendront à des institutions continentales. L'Europe aura commencé à tracer la voie menant à sa propre identité commune, échappant aux antiques querelles. La stabilité de ce futur espace européen dépend pour beaucoup de ce qui se passera dans une Allemagne réunifiée. Car il est clair que l'Allemagne constitue le lien entre les deux blocs du continent.

Au cours du XXIe siècle, une lutte farouche pour la suprématie se déclenchera entre les villes, les nations... et même les continents. Si la neuvième forme marchande ressemble aux huit autres qui l'ont précédée, il y aura un cœur entouré par un hinterland et une périphérie. Le résultat le plus immédiat sera probablement la juxtaposition de deux espaces en lutte (celui du Pacifique et l'européen) avec deux centres, chacun organisé autour d'une paire composée d'un géant politique et d'un géant économique, cherchant en même temps à conquérir l'intérieur de chaque espace et la domination de l'autre espace.

Cette évolution entraînera de grands bouleversements. A l'intérieur de chaque espace, la rivalité entre le pouvoir politique et le pouvoir économique provoquera de graves conflits. Il sera difficile à l'un d'accepter les ambitions de l'autre. Dans le même temps, l'un et l'autre reconnaîtront que des liens étroits sont nécessaires à chacun. Par conséquent, il faut promulguer une séparation des pouvoirs à l'intérieur de chaque espace. Dans le Pacifique et en Europe, il faudra poser des questions : qui aura la monnaie dominante ? Qui aura la haute main sur la défense ? Où sera localisé le principal marché financier ? On imagine aisément la puissance économique la plus forte (le Japon) laissant pour un temps quelques responsabilités politiques internationales à la puissance militaire qui lui est supérieure (les États-Unis). Aujourd'hui, ces responsabilités n'ont pas une grande importance au point de vue de la force à plus long terme pour ceux qui n'ont pas les moyens financiers nécessaires pour les endosser. En réalité, les superpuissances actuelles perdront la maîtrise de leur empire respectif, et deviendront graduellement la puissance secondaire dans leur ex-domaine.

Les États-Unis s'efforceront d'enrayer leur déclin économique relatif en comprimant les dépenses militaires, afin de restreindre leur déficit budgétaire. Ils continueront à diminuer peu à peu le nombre de leurs soldats sur le territoire de leurs alliés. Cette réduction sur le plan des armes, même si elle est partielle, fournira des ressources pour une formidable reprise économique. Nous pouvons nous attendre à une réduction massive des armements fixes. Les armes nucléaires à courte portée n'ont plus de raison d'être, excepté pour de secrètes ambitions régionales. Des négociations sur la réduction des armes conventionnelles s'accéléreront, et auront pour résultante un retrait massif de troupes étrangères encore stationnées sur le sol de l'Europe.

Malheureusement, rien de tout cela ne provoquera la disparition de la tension. Comme il n'y aura pas de superpuissance pour imposer son autorité, les contestations territoriales, les querelles économiques, peut-être des batailles militaires seront possibles, probables même, entre certains pays dans l'un et l'autre espace. Nous devons nous rappeler qu'au cours de ce siècle l'Europe composée de nations séparées a par deux fois été la cause et le théâtre d'une guerre mondiale. Les frontières qui résultent de la Deuxième Guerre mondiale ne correspondent pas toujours aux réalités linguistiques ou culturelles. Personne ne devrait oublier qu'un jour viendra peut-être où les Japonais voudront poser des questions aux Américains à propos d'Hiroshima. Certes, jusqu'à présent, aucune démocratie n'est entrée en guerre contre une autre démocratie et ce fait seul offre le principal espoir pour l'avenir. Mais voici le grand risque : certaines nations pourraient décider de cesser d'être des démocraties afin de faire la guerre.

Il se pourrait que ni l'espace du Pacifique ni celui de l'Europe ne triomphe l'un de l'autre, et que le cœur du nouvel ordre mondial soit réparti entre de nombreuses régions, selon les fonctions qu'elles assument : l'Amérique pour la culture, la monnaie et la défense ; le Japon pour la finance et l'industrie ; l'Europe pour le style de vie et les services. C'est une conséquence imaginable. Elle pourrait persister le temps que le monde hésite entre deux espaces rivaux. Mais une telle division ne durerait pas. Le schéma qu'enseigne l'histoire est clair : il ne peut y avoir de défense sans finance, ni de monnaie sans industrie, ni de style de vie sans culture. Nous pouvons donc escompter qu'éventuellement une métropole incorporera toutes les caractéristiques nécessaires de la nouvelle forme marchande, dont on peut maintenant entrevoir les grandes lignes et qui, pour la première fois, étend sa domination sur des continents entiers.

Cette lutte pour la suprématie de l'ordre mondial futur pâlit en regard des conflits potentiels entre les deux espaces émergents et une périphérie exploitée, dont les habitants se verront dénier une chance de participer à la richesse du Nord. C'est alors que commencera la lutte pour les terres immenses de l'Asie. L'Inde et la Chine refuseront de tomber sous la souveraineté de l'espace du Pacifique ou de l'Europe. Le Moyen-Orient aussi, comme nous l'avons vu, est un *joker*, une carte dangereuse. Dans toutes ces régions, la prolifération de la technologie militaire, la diversité des armes, la fabrication d'armes chimiques et biologiques, et les missiles balistiques capables de porter des charges classiques ou chimiques rendent possible, peut-être même probable, le déclenchement de guerres brèves mais sanglantes. La disparition d'idéologies concurrentielles et la généralisation de l'économie de marché stimulent des similarités de désirs. La rivalité violente pour des territoires et des ressources risque d'en être le résultat paradoxal. On verrait se multiplier des situations pareilles à celle existant au Liban. La guerre éclatera s'il n'y a personne d'assez fort pour l'empêcher. Sans institutions régionales qui jouent le rôle de cadre architectural pour la paix, nous nous trouverons face à un avenir où les espaces d'abondance entreront en collision dans un océan d'instabilité.

III

LES PERDANTS DU MILLÉNAIRE

Les grands perdants du prochain millénaire seront les habitants de la périphérie et de toute la biosphère. En dehors des espaces du Pacifique et de l'Europe, quatre milliards dè gens se dirigeront à pas hésitants vers une société marchande et la démocratie. Mais le marché seul ne peut pas développer l'industrie ou élaborer l'infrastructure de base des systèmes concernant la santé et l'instruction. Le marché seul n'est pas capable de rendre rentables les matières premières. Pas plus qu'il ne peut protéger l'environnement. Ni combler l'immense fossé grandissant entre les régions privilégiées et la périphérie paralysée. Si le marché seul reçoit la charge de bâtir entièrement des sociétés, il finira par produire les principaux révolutionnaires de demain qui se révolteront contre les habitants fortunés des centres privilégiés du monde.

Chacun des espaces qui surgissent a sa périphérie. Les États de la périphérie exportent leurs ressources de base — la matière première brute — vers les régions dominantes en échange de produits manufacturés. Une partie de la périphérie consiste en pays frontaliers d'une des régions dominantes. Étant donné leur proximité géographique, ils sont économiquement dépendants des marchés de l'hémisphère Nord. Tout en formant un ensemble économique semi-intégré avec leurs riches voisins du Nord, ils demeurent dans une large mesure proches du reste du monde.

Chaque espace continuera à extraire des bénéfices de sa périphérie, faite d'un groupe de nations sous-développées. La périphérie du Pacifique est infiniment plus prometteuse que celle de l'Europe. Elle comprend la Birmanie, la Thaïlande, la Malaysia, l'Indonésie, les Philippines et les pays d'Amérique latine. Les pays asiatiques, presque tous de futurs « tigres », ont déjà une croissance rapide — cinq fois plus rapide que l'Afrique. Leur énorme croissance démographique — il y a déjà davantage de jeunes en Indonésie que dans toute la Communauté européenne — est un « plus » si (et c'est un grand « si ») le taux de la croissance économique évolue au même rythme que la croissance de la population, transformant ces masses en consommateurs.

Les pays de la périphérie d'Amérique latine sont dans une situation beaucoup moins prometteuse. Leur endettement paralysera le développement, rendant difficile l'organisation d'une économie de marché efficace. Leur pauvreté invétérée empêchera la démocratie d'enfoncer des racines profondes. Leur dépendance vis-à-vis de l'exportation de matériaux bruts rendra presque impossible de maintenir la croissance. Déjà, plusieurs pays ont adopté la drogue — une ressource de paria — pour soutenir leur économie nationale ruinée. Une culture économique hors la loi s'est incrustée. Quelques pays, comme le Mexique (qui négocie un accord historique de libre-échange avec les États-Unis et le Venezuela), seront en mesure d'échapper au cercle vicieux de l'endettement et de la pauvreté, grâce au pétrole. Avec un coup de chance, ils pourront peut-être échapper complètement à la glissade du continent sud vers la pauvreté sans rémission.

La périphérie de l'Europe, l'Afrique, est un continent perdu. C'est l'un des derniers endroits sur terre où persiste la famine. Le fait terrible d'être tombée dans un trou noir économique parle de lui-même : depuis 1970, la part de l'Afrique dans les marchés mondiaux s'est trouvée réduite de moitié ; sa dette a été multipliée par vingt et égale maintenant sa production totale brute ; le revenu par habitant en Afrique noire a baissé d'un quart depuis 1987. La croissance de la population en Afrique a toujours largement distancé sa progression économique, faisant de l'expansion démographique un handicap au lieu d'un atout. La population actuelle de 450 millions va doubler au cours des vingt prochaines années, où le Nigeria seul sera plus peuplé que l'Union soviétique d'aujourd'hui. La chute des exportations et des investissements, conjuguée avec le vieillissement des machines et de l'équipement qui restent du temps du gouvernement colonial, garantit que la situation économique ne fera qu'empirer. L'avenir le plus probable de l'Afrique est tragique : ce sera la seule région de toute la planète entièrement exclue de l'abondance. Il y a une seule exception possible : avec une chance énorme et autant de savoir-faire, l'Afrique du Sud pourrait fort bien échapper relativement sans dommage à ce sort.

Aussi bien pour l'Amérique latine que pour l'Afrique, la chute du niveau de l'épargne ainsi que des investissements, combinée avec le fardeau de la dette, a accéléré une chute vertigineuse dans le niveau de la croissance. Le grossissement de la dette s'est révélé particulièrement écrasant. De 1978 à 1989, la dette en Afrique noire est montée de 19 milliards à 143 milliards. En Amérique latine, pendant la même période, la dette a grimpé de 85 milliards à 434 milliards.

Trois régions du monde demeurent dans une large mesure à l'écart de l'influence des puissances dominantes de demain : le Moyen-Orient, l'Inde et la Chine, chacun ayant une population avoisinant le milliard. Inutile de le dire, si un miracle devait se produire et qu'ils soient intégrés dans l'économie et le marché mondiaux, toutes les hypothèses stratégiques étayant mes pronostics seraient réduites à néant. Ce miracle est fort improbable.

Les explosions qui déchirent le Moyen-Orient auront des retentissements pendant longtemps au cours du prochain siècle. Les problèmes qu'impliquent les relations Nord-Sud convergent dans cette région, et continueront à déboucher sur des conflits. La région est inflammable en partie parce qu'il n'y a pas de frontières stables et que les faits de leur histoire nationale sont encore contestés par les parties en présence. De plus, comme l'a justement souligné William Pfaff, les populations de cette région souffrent du terrible traumatisme des défaites répétées que leur a infligées l'Occident. Ces défaites ont inspiré un fanatisme religieux, caractérisé par la paranoïa et le défi, l'anxiété et la frustration. Mais il y a peu de chances que ces mouvements de résistance produisent des modèles de développement capables de rivaliser avec l'hyperindustrialisation du nouvel ordre mondial. Bien sûr, le hasard du caprice géologique, qui a donné à cinq pays (l'Arabie Saoudite, l'Iraq, le Koweit, l'Iran et les Émirats arabes unis) 60 p. 100 des réserves de pétrole repérées dans le monde, garantit que la question de savoir qui a la haute main sur certaines sources d'énergie et qui gouverne un pays donné restera douloureusement importante pendant encore très longtemps.

L'Inde pourrait connaître une croissante particulièrement forte si elle parvient à maintenir son ouverture au marché mondial. Bien des centaines de millions d'Indiens ne tarderaient pas alors à se changer en consommateurs effectifs. Le sous-continent deviendra important pour les deux espaces dominants d'Europe et du Japon qui, l'un et l'autre, essaieront de l'attirer dans leur orbite comme tête de pont pour des sociétés multinationales et en tant qu'important poste stratégique pour la diplomatie.

La Chine est plongée dans une longue période de crise et de repliement sur soi à la suite de la tragédie de la place Tienanmen et la décision consécutive de poursuivre la réforme économique sans révision politique. Cette stratégie est vouée à l'échec. Dès que la logique de la réforme du marché reprendra de la force, un rapide progrès politique sera de nouveau possible. Comme le Japon ne tiendrait pas à être écrasé au cours du prochain siècle sous le poids de réfugiés économiques, il a tout intérêt à aider le marché chinois à se développer.

La démographie et sa logique implacable pèseront lourdement sur l'avenir de la planète. D'ici 2050, huit milliards d'êtres humains peupleront la terre. Plus des deux tiers des enfants nés aujourd'hui vivront dans les vingt pays les plus pauvres du monde. Dans trente ans, il y aura 360 millions d'habitants de plus en Chine, 600 millions de plus en Inde, et 100 millions de plus au Nigeria, au Bangla Desh et au Pakistan. La population du Nigeria, qui double tous les vingt-deux ans, sera égale en nombre à la population actuelle du globe dans 140 ans. En 2050, le nombre de gens en âge de travailler aura triplé dans le monde. Plus de la moitié de la population du globe sera alors urbaine, pour un tiers aujourd'hui. La ville de Mexico aura à elle seule trente millions d'habitants avant la fin du siècle. Dans le monde, cent millions d'enfants au-dessous de cinq ans mourront de faim ou de maladie.

Cherchant à échapper à leur terrible destin, des millions tenteront d'abandonner la misère de la périphérie pour chercher ailleurs une vie décente : ils deviendront des nomades d'une espèce différente, une nouvelle version du nomade du désert émigrant d'un endroit à l'autre, en quête de quelques miettes de ce que nous avons à Los Angeles, Berlin ou Paris, qui seront pour eux des oasis d'espoir, de vertes cités d'abondance et de magie de haute technicité. Ou encore ils redéfiniront l'espoir en termes fondamentalistes complètement étrangers à la modernité. Cette dynamique porte la menace d'une vraie guerre mondiale d'un nouveau genre, la menace du terrorisme qui peut soudain déchirer le tissu vulnérable des systèmes complexes.

Les populations d'Amérique latine et d'Asie se pressent déjà aux portes de l'espace du Pacifique. Aux États-Unis (où la population hispanique est de vingt millions et plus), la migration bouleversera l'équilibre linguistique et culturel, transformant la nature même de l'Amérique, la coupant de ses origines anglo-saxonnes et européennes. Il est possible, bien sûr, que l'Amérique soit capable d'absorber ce choc et de le tourner à son avantage. En somme, il y a dans l'idée même du pays qu'aucun peuple ou héritage ethnique particulier n'a une emprise privilégiée sur l'identité ou le caractère de la nation. Le *melting-pot*, cette notion de brassage et d'assimilation d'éléments divers, de « creuset », n'est pas sans fondement historique. L'avenir des États-Unis se trouve en Amérique latine.

L'Europe connaîtra probablement plus de difficultés. La logique de l'intégration continentale se trouve confrontée à une longue et sanglante tradition de rivalités ethniques et nationales, une histoire de chauvinisme et de xénophobie. L'émigration massive venue d'Afrique, associée avec l'afflux d'Européens de l'Est aux abois, dans les États de l'Ouest plus prospères, incitera à la construction d'un nouveau Mur de Berlin — un mur qui cherchera à empêcher les populations de la périphérie de se réfugier dans les cœurs du Nord prospère. La migration de ces nomades sera réglementée puisque sera avantageux un apport d'immigrants rationalisé et maîtrisé. De même que l'Allemagne utilise les *Gastarbeiter* turcs pour effectuer des tâches que peu d'Allemands sont désireux de faire, de même les États intermédiaires de l'ordre mondial qui s'annonce ont besoin de la main-d'œuvre de la périphérie, en vue de travaux précis pour des durées précises. Beaucoup d'élites de la périphérie continueront à habiter, à travailler et à voyager dans les régions privilégiées, enrichissant les sociétés du cœur par de la musique, des images, des cultures et des cuisines exotiques. Mais ni l'espace du Pacifique ni celui de l'Europe n'accepteront la majorité de nomades pauvres. Ils défendront leur identité politique et culturelle. Ils fermeront leurs frontières aux immigrants qui refusent, après un intervalle décent, de retourner dans leur pays de misère. Des quotas seront institués et des restrictions imposées pour l'obtention de la citoyenneté et de la propriété. Les normes sociales frapperont d'ostracisme les étrangers. Comme les villes fortifiées du Moyen Age, les centres privilégiés construiront des barricades de toute sorte, dans un effort pour protéger leur richesse et leur stabilité intérieures. La faillite du marxisme est considérée dans le tiers monde comme la faillite de la culture occidentale et comme une fin pour la lutte contre la misère systémique. Cette faillite inspirera des fanatismes en tout genre.

Le problème des frontières pourrait être résolu par l'intégration, avec le temps, des pays de la périphérie à leurs voisins du Nord. Suivant le modèle de l'Europe, par exemple, les États-Unis, le Mexique et le Canada se préparent actuellement à établir une zone de libre-échange s'étendant de Toronto à Tampico. On imagine aisément un arrangement similaire entre les États intermédiaires de l'hinterland et les nations marginales de la périphérie, ouvrant ainsi la possibilité d'agrandir des zones orientées vers le marché démocratique dans de vastes régions du monde. Néanmoins, même si cette sorte d'ajustement Nord-Sud se produisait le long des frontières, l'indigence structurelle dont souffre la périphérie dans son ensemble n'en trouverait pas pour autant de remède.

Le vrai perdant du prochain millénaire sera la planète elle-même si l'impératif du marché est laissé libre de s'imposer sans contrainte. Les ressources naturelles, qui ont mis des milliards d'années à se créer, seront épuisées quand la terre sera parcourue par des nomades surchargés d'objets fabriqués à partir de matières premières irremplaçables. Si la génération actuelle ne combat pas l'obsession de tout posséder, ce sont toutes les générations futures qui seront perdantes.

Le peuplement grandissant de la planète appelle une croissance économique encore plus rapide pour y faire face. Cependant, étant donné l'état de la technologie actuelle, cette croissance causera de plus en plus de pollution, peut-être ruinant de façon irréversible l'environnement qui nourrit et entretient tout ce qui vit. Les chiffres sont éloquents : depuis le début du XVIIIe siècle, alors que la population mondiale s'est multipliée par huit, la production l'a été par cent. Rien que dans ces quarante dernières années, la production industrielle a été multipliée par sept et la consommation des ressources minérales a triplé. En l'an 2000, on estime que la consommation mondiale du pétrole et du charbon aura doublé. Étant donné les frais, la sécurité et les problèmes d'évacuation des déchets, l'énergie nucléaire ne peut pas, à court terme, se substituer au pétrole. Non plus que le potentiel encore sous-développé de l'énergie solaire ou de la force motrice du vent. L'eau devient aussi plus rare. Dans la périphérie, un cinquième des citadins et trois quarts de ceux qui habitent la campagne n'ont pas un accès suffisant à l'eau. En conséquence, on estime qu'un à deux millions et demi d'hectares de terre cultivée sont perdus chaque année.

L'industrialisme déchaîné a introduit des déchets solides et des sous-produits gazeux extrêmement nocifs dans l'environnement. Les déchets solides s'entassent. Bientôt nous produirons par an assez d'ordures pour enterrer toutes les zones urbaines sous une couche de détritus de cent mètres d'épaisseur. Comment nous débarrasserons-nous de ces déchets ? Où allons-nous les mettre ? La périphérie deviendra-t-elle une gigantesque décharge toxique pour les ordures nocives des privilégiés ? Les émissions gazeuzes rejetées dans l'atmosphère par la production industrielle représente une autre menace. La quantité de gaz émis au cours des deux derniers siècles par les sociétés industrielles, soit capitalistes soit communistes, est responsable du réchauffement de l'atmosphère, ce qu'on a appelé l'effet de serre. Nous connaissons les principaux coupables : l'acide carbonique, qui est créé par la combustion du charbon, du pétrole et du gaz naturel ; les chlorofluorocarbones, qui détruisent l'ozone dans la stratosphère ; le méthane qui est produit par les cultures et l'élevage du bétail ; ainsi que l'oxyde nitrique.

Au cours du siècle dernier, le taux de méthane dans l'atmosphère a doublé et le taux d'acide carbonique a augmenté d'un quart. Les pays industrialisés, qui ne représentent que 25 p. 100 de la population mondiale, émettent 75 p. 100 des gaz provoquant l'effet de serre. D'après l'*Energy Statistics Yearbook* (l'Annuaire des statistiques pour l'énergie) de 1985 publié sous les auspices de l'O.N.U., les États-Unis sont responsables de presque 26 p. 100 des émissions d'acide carbonique générées par les principaux pays industriels ; l'Union soviétique est à blâmer pour près de 18 p. 100, la Chine pour près de 10 p. 100 et le Japon dépasse juste les 5 p. 100. (Bien que le produit national brut du Japon, environ 1,2 trillion, représente un bon tiers du produit national brut des États-Unis en 1986, le taux d'émission d'acide carbonique du Japon n'est que le cinquième de celui des États-Unis.) Les chlorofluorocarbones, évidemment, réduisent l'épaisseur de la couche d'ozone qui entoure l'atmosphère, et sont responsables de l'accroissement des cancers de la peau. L'acide carbonique élève la température de l'atmosphère. Au cours des cent dernières années, la température moyenne à la surface de la Terre a augmenté d'un demi-degré. Les années 1980 ont été les dix années les plus chaudes depuis un siècle. Les calottes polaires ont commencé à fondre et le niveau des océans augmente de deux millimètres par an. Des simulations par ordinateur prévoient que la Terre se réchauffera de plus de deux degrés Celsius avant 2050 et qu'entre maintenant et la fin du prochain siècle le niveau des océans aura monté de cinquante centimètres au moins, peut-être même de deux mètres. On ne peut qu'imaginer les conséquences catastrophiques de cette montée des mers : sept des dix plus grandes villes du monde sont des ports, et un tiers de la population mondiale habite sur un rivage.

Les oxydes de soufre et d'azote détruisent les forêts d'un bout à l'autre du globe, en particulier les fragiles forêts ombrophiles de la périphérie qui sont dévorées par l'industrie du papier et l'expansion de l'agriculture. Depuis le XVIIIe siècle, une zone équivalant à la superficie de l'Europe a été dépouillée de ses forêts. En dix ans seulement, la moitié des réserves forestières de l'ouest de l'Allemagne a disparu. En 1989, des terres forestières totalisant une surface plus vaste que la Suisse et les Pays-Bas réunis ont été effacées de la carte du monde. A ce rythme, une zone dix-huit fois plus grande aura été anéantie dans l'an 2000. Le Japon hyperindustrialisé, actuellement le plus gros importateur de bois tropical, est déjà responsable d'un tiers de ces dégâts.

La déforestation ruine l'environnement, qui est l'entrepôt indispensable de l'héritage varié de la vie végétale et animale de la planète. Près de quinze mille espèces vivantes disparaissent chaque année, égalant la mort quotidienne de langues et de cultures noyées dans l'homogénéité qui accompagne le marché triomphant. Tout espoir n'est pas perdu, cependant. Dans les régions privilégiées, cette réalité agonisante a déjà inspiré des mouvements sensibles à l'écologie qui cherchent à réorienter la politique industrielle. Les pays du Nord pratiquent le contrôle de leur taux de natalité. Ils produisent des marchandises qui requièrent moins d'énergie mais utilisent davantage l'information, causant ainsi moins de pollution. Afin de stabiliser à leur niveau actuel les concentrations de gaz à effet de serre, plusieurs pays d'Europe se sont engagés à réduire les émissions dans l'atmosphère d'au moins 60 p. 100. Déjà, des accords internationaux restreignent les pires contrevenants. Les émissions d'oxyde d'azote en Amérique du Nord et en Europe ont diminué légèrement au cours des dix dernières années, et les chlorofluorocarbones disparaîtront probablement tout à fait d'ici quinze ans. L'industrie japonaise a déjà atteint un niveau d'efficacité énergétique double de celui des grands pays européens. L'Allemagne se propose de stabiliser ces émissions d'ici à l'an 2005, et la Suède est prête à introduire un impôt sur l'acide carbonique. La Communauté européenne s'est engagée à empêcher l'accroissement de ses émissions d'acide carbonique.

Bon nombre dans le Nord ont proposé de limiter la croissance économique du Sud au nom de la protection de l'environnement de la Terre. La périphérie n'a pas les moyens financiers ni technologiques pour jouer le jeu selon les nouvelles règles du développement industriel. En dépit des restrictions plus strictes imposées aux pays industriels développés, les émissions d'acide carbonique par tête, pour ne prendre qu'un exemple, doubleront dans le monde d'ici 2030, annulant pratiquement les nouvelles habitudes écologiques adoptées par le Nord. Les populations de la périphérie rejetteront des restrictions qui, en réalité, sauvegardent la richesse et le confort que le Nord privilégié a conquis au cours des quatre derniers siècles aux dépens de la biosphère. Pourquoi la Chine ou l'Inde se passeraient-elles de réfrigérateurs pour que les riches Nordiques à peau blanche ne contractent pas de mélanome ? Déjà le Brésil refuse de renoncer à brûler une portion de la forêt amazonienne à moins que les pays industrialisés ne commencent à réduire de manière substantielle leurs propres émissions d'acide carbonique.

Dans un monde bouleversé par le nomadisme, le besoin d'un bouc émissaire va réapparaître. Un demi-siècle après la fin de la Deuxième Guerre mondiale, le spectre du racisme hante encore une fois une planète oublieuse. Le nouveau racisme adoptera bien des visages : il se révélera dans l'opposition entre l'islam et le christianisme, et on peut déjà le discerner dans l'hostilité largement répandue envers les immigrants à peau sombre qui cherchent feu et lieu dans le Nord inhospitalier. Si les gens au pouvoir dans les sphères de prospérité émergentes savaient penser à long terme, ils surveilleraient avec attention les périphéries qui sont à leur porte. Dans le nouvel ordre mondial qui s'annonce, il y aura des gagnants et des perdants. Les perdants dépasseront en nombre les gagnants dans des proportions inimaginables. Ils soupireront après une chance de vivre décemment, et cette chance leur sera probablement déniée. Ils se heurteront à la peur et à des préjugés effrénés. Ils se retrouveront parqués, asphyxiés par la pollution, négligés à cause de l'indifférence. Les horreurs du XXe siècle paraîtront dérisoires en comparaison.

IV

L'HOMME NOMADE

L'humanité entre dans une ère hyperindustrielle. De nouvelles zones de richesse se maintiendront tant bien que mal à côté de vastes régions de pauvreté. Les technologies avancées créeront une catégorie de produits et de biens de consommation qui conféreront aux individus des pouvoirs comme ils n'en ont encore jamais connu auparavant, tout en rompant les liens traditionnels avec la patrie, la communauté et la famille. Ces nouveaux objets, que j'appelle *nomades* parce qu'ils sont petits et portables, modifieront les relations dans le spectre de la vie moderne. Surtout, ils changeront le rapport de l'homme à lui-même.

Ces objets — dont les formes embryonnaires, comme le baladeur (le « Walkman » de Sony) ou l'ordinateur portable, se trouvent partout aujourd'hui — aideront à créer un nouvel être humain. Les hommes et les femmes ne seront plus les nomades nus des premières sociétés de l'ordre du sacré, errant d'un puits à l'autre, en quête d'eau pour survivre. Ils ne seront pas non plus les dangereux nomades pourchassés de l'ordre de la force. Au contraire, les résidents privilégiés des deux espaces de l'Europe et du Pacifique, et des régions les plus riches de leurs périphéries, seront des nomades libérés, maîtres d'agir à leur volonté, liés par rien d'autre que le désir et l'imagination, la cupidité et l'ambition. Cette nouvelle élite nomade se constitue déjà, rompant ses attaches avec un endroit donné, que ce soit nation ou voisinage.

On a toujours eu des objets nomades, les instruments essentiels pour la survie humaine : la pierre et le silex pour faire du feu ; des amulettes pour écarter le mauvais sort et la maladie ; des marteaux et autres outils pour construire de quoi s'abriter ; des armes, depuis les lances jusqu'aux fusils, pour se défendre et guerroyer ; des pièces de monnaie et la lettre de crédit pour l'achat et la vente de marchandises, pour ne citer que quelques exemples. Ces objets précieux ont souvent été un moyen de mesurer la puissance relative de leur possesseur. Tout au long de l'histoire, les trois ordres — du sacré, de la force et de l'argent — ont eu tendance à donner à ces objets une signification particulière.

Aujourd'hui, où nous entrons dans la neuvième forme marchande, nous voyons naître de nouveaux objets nomades. Des services de toute sorte sont transformés en objets, leur fonction destinée de plus en plus à être portables, à être nomades. Par exemple, le marchand a toujours rêvé d'objets assez légers pour être transportés facilement et à bon marché. Ces objets que l'industrie crée présentement — dont elle continuera à inventer davantage demain — seront de moins en moins lourds et encombrants. Ils seront mobiles, ils renfermeront des connaissances, fourniront des moyens de communication, exécuteront des myriades de services en se substituant aux personnes qui les rendent aujourd'hui. Vraisemblablement, ces machines minuscules, certaines pas plus larges que trois cheveux humains, auront de profondes implications pour l'industrie en général et pour les soins de santé en particulier.

Les objets nomades de l'avenir engendreront de nouvelles relations avec la cité et la famille, avec la vie et la mort. En fait, dans le deuxième millénaire, ils transformeront l'existence plus radicalement que l'automobile et la télévision n'ont changé le mode de vie du XXe siècle. Ces nouveaux biens ne surgiront pas tout prêts de l'imagination survoltée de farfelus et de techniciens illuminés, ils répondront aux impératifs de compétition de l'industrie, toujours à l'affût de moyens de transformer les désirs et besoins de l'humanité en objets producteurs de bénéfices. Irrésistibles sur le plan social, profitables sur le plan économique, ces nouveaux objets sont déjà, jusqu'à un certain point, techniquement réalisables.

Afin de décrire l'avènement de cette nouvelle ère, il me faut opérer de la même façon qu'un astronome calcule la trajectoire d'une étoile dont l'existence est soupçonnée mais non confirmée — en observant le mouvement et les caractéristiques d'étoiles semblables. Ce faisant, nous serons mieux à même de comprendre les forces dynamiques du marché qui déterminent l'invention des objets nomades de l'avenir. Nous verrons comment la crise de la huitième forme marchande est elle-même un facteur capital dans leur création.

Toutes les précédentes formes marchandes depuis le XIIIe siècle ont dépéri pour essentiellement la même raison : tandis que la ville-cœur (que ce soit Anvers, Amsterdam ou Londres) s'efforce de maintenir sa prise sur l'économie mondiale, elle cherche invariablement à combler l'écart entre le coût de production de services et de marchandises qui monte en flèche et les bénéfices qui diminuent en s'endettant davantage que ne peut rembourser la richesse nouvellement créée. Une dette excessive conduit toujours à l'inflation, à la banqueroute et à l'effondrement financier. Historiquement, dans le sillage d'une crise d'endettement apparaissent de nouvelles technologies qui rendent la fabrication de marchandises existantes plus efficace et réduisent le coût relatif des services nécessaires pour maintenir la forme marchande.

Ceci intervient quand les entreprises sont en mesure d'appliquer la technologie nouvelle à des services précédemment extérieurs au marché, faisant ainsi d'eux des marchandises qui peuvent être produites en série d'une façon efficace au point de vue coût (c'est-à-dire profitable) pour répondre à la demande de la société. La crise s'achève avec la reconstruction d'une nouvelle forme de marché organisée autour d'un centre géographique différent et d'un bien de consommation nouveau. Une technologie nouvelle est le moteur d'une nouvelle création de richesse.

Au milieu des années 1960, le coût de la production de services a entamé une spirale ascensionnelle quand l'économie a cherché à satisfaire les demandes sociales croissantes d'un public consommateur généralement prospère. La montée des prix de l'énergie n'a fait qu'aggraver le problème. Ce n'était pas sa cause principale. Trois services — l'instruction, les soins de santé et la défense — en étaient davantage responsables, car ils avaient commencé collectivement à absorber une part disproportionnée de toute la valeur produite par les pays industrialisés. Il en est résulté l'amorce d'une chute tant des bénéfices que des salaires.

Un grand essor a été pris au cours des années 1950 par les études supérieures, surtout aux États-Unis, pour une part en réaction à l'anxiété déclenchée par le lancement réussi du spoutnik soviétique ; on a vu alors se créer de grandes universités polytechniques, comme l'université de Californie. Ce qui a fait monter en flèche les budgets pour l'éducation. Dans les années 1960, la naissance de *Medicare* a confirmé le droit aux soins de santé pour tous et en est venu à grever terriblement le budget fédéral. (La note de l'Amérique pour les soins de santé excède maintenant les 600 milliards de dollars par an.) Dans le même temps, les dépenses militaires ont continué à grimper avec la constitution de l'armement pour la guerre froide et la guerre du Vietnam.

En l'absence de liquidités pour maintenir leur pouvoir d'achat, les consommateurs américains ont eu recours à la carte *Visa* et à la *Mastercard*, tandis que les entreprises accumulaient les dettes pour se développer sans avoir les actions nécessaires, soit simplement pour continuer à fonctionner soit pour éviter d'être absorbées. En 1986, les résultats étaient clairs : la dette individuelle de l'Américain moyen atteignait 66 p. 100 de son revenu, chiffre sans précédent, tandis que la dette des sociétés atteignait 57 p. 100 du revenu global des entreprises, selon Benjamin Friedman, de l'Université Harvard.

La prise de conscience grandissante que cet endettement (qui est aussi le fléau du Japon et de l'Europe) ne pouvait absolument pas être épongé a eu pour conséquence le chaos financier des années 1980 dans les principaux marchés monétaires du monde. L'effondrement de l'industrie de l'épargne et des prêts aux États-Unis à la fin des années 1980, aussi bien que l'affaiblissement de ses autres grandes institutions bancaires, est une illustration du schéma de l'histoire. Comme par le passé, les formes marchandes trébuchent et tombent parce que la dépense pour conserver la prééminence mondiale coûte plus que la richesse totale qui peut être générée. La croissance dans la prévision de services, que les citoyens privilégiés du cœur en sont venus à attendre, et même à exiger, comme ceux fournis par les médecins et les professeurs dans les secteurs de la santé et de l'éducation — les plus rapides à croître dans l'économie américaine — excède de beaucoup la croissance de productivité correspondante dans ces domaines. Ce qui contraste avec la fabrication des produits, où l'efficacité grandit habituellement de pair avec l'expansion de la production alors que le coût par unité diminue. Ainsi, en dépit de tous les efforts pour maîtriser les coûts en matière de santé aux États-Unis, ils sont passés au cours de la dernière décennie de 8 à 11 p. 100 du P.N.B., tandis que les coûts de l'instruction s'enflaient dans la même période de 3 à 6 p. 100 du P.N.B. La leçon : historiquement, la croissance des services réduit toujours la rentabilité totale de l'économie et comprime les ressources pour l'investissement industriel.

La réaction habituelle des sociétés riches au déclin des bénéfices est de pousser les consommateurs à s'endetter encore davantage afin qu'ils aient la faculté d'acheter plus de marchandises qu'ils ne pouvaient auparavant utiliser et payer. Avec l'appui de la publicité, principalement au moyen de la télévision, toutes sortes de rêves et de désirs jusque-là inimaginables étaient éveillés. Dès lors, toutes les voitures devaient être équipées d'une stéréo ; tous les foyers devaient posséder un magnétoscope ; tous les lecteurs de cassettes devaient être remplacés par des C.D. laser audio ; tous les « yuppies », une catégorie sociale elle-même définie par l'éthique régnante de consommation, se devaient de posséder une B.M.W. de 40 000 dollars. Tout le monde vivait au jour le jour sans songer au lendemain. « Achetez maintenant, payez plus tard » était le slogan de l'heure. Les épargnes fondirent.

La croissance de l'endettement des consommateurs, à son tour, aggrava la crise en générant et entretenant la croissance complémentaire de services pour gérer les dettes et traiter l'information sur laquelle le crédit est basé. Des banques de toute sorte ont proliféré, de même que les sociétés de financement des consommateurs. De plus en plus de gens ont trouvé du travail dans le secteur des services. Le nombre des emplois a augmenté, mais la santé de l'économie s'est détériorée. La crise structurelle a augmenté et sa résolution s'est trouvée ajournée. Car l'histoire de l'économie enseigne que des bénéfices ne sont générés et maintenus que par la transformation de services en produits susceptibles d'être fabriqués en série de façon industrielle.

Prenez par exemple la plus grande innovation de la technologie maritime des XVIe et XVIIe siècles, la flûte, une innovation qui a été dans une large mesure responsable de l'ascension d'Amsterdam au statut de cœur de l'économie de cette époque. Mise au point aux alentours de 1590, la flûte était moins coûteuse à construire que les bâtiments précédents destinés au même usage. Selon l'œuvre de K.H.D. Haley qui fait autorité, *Les Hollandais au XVIIe siècle*, les Hollandais ont été capables d'accomplir ce tour de force grâce à « une production relativement à grande échelle et standardisée, avec l'aide de machines allégeant le travail — des grues pour manipuler les lourdes pièces de charpente et, ce qui était le plus important, des scieries mues par le vent ». La flûte nécessitait un équipage moins nombreux et était beaucoup plus économique à faire naviguer. Haley écrit : « Un vaisseau hollandais de 200 tonneaux n'avait donc besoin que de dix hommes d'équipage, alors qu'un navire anglais de même tonnage en portait bien trente. S'il est exact, en plus, que les salaires étaient plus bas et l'approvisionnement moins cher, la combinaison avait pour effet de permettre aux Hollandais d'offrir des tarifs de fret inférieurs d'un tiers, sinon même de la moitié à ceux, par exemple, de leurs concurrents anglais au XVIIe siècle. » L'histoire est parsemée d'exemples de ce type. Le renouveau économique ne survient qu'avec l'introduction et l'application en série de nouvelles technologies capables de réduire les coûts de la demande de la société en substituant des produits aux services.

La technologie qui a permis à la neuvième forme marchande d'apparaître est le microprocesseur. Il a déjà préparé le terrain pour l'industrialisation de services dans un vaste éventail de secteurs, depuis le distributeur automatique de monnaie jusqu'à des diagnostics médicaux. Le microprocesseur est un minuscule carré de silicone sur lequel ont été placés des millions d'unités élémentaires d'information — des *bits* — accessible à la vitesse de la lumière. Aujourd'hui, jusqu'à seize millions de caractères peuvent être gravés sur un seul confetti ; à la fin du siècle, il y en aura un milliard. Ce qu'on appelle des superordinateurs Teraflop, basés sur une technique appelée le processing parallèle de série, capables d'effectuer plus d'un million d'opérations mathématiques par seconde, assisteront, selon le journal *The New York Times*, « les chercheurs et les ingénieurs dans des domaines tels que la simulation de la réaction du corps humain à un nouveau médicament sans qu'il soit besoin de cobayes humains ; l'établissement d'une carte de la structure génétique humaine pour mieux comprendre les maladies héréditaires ; la création de modèles des climats de la Terre pour étudier les changements provoqués par les polluants de l'air ; et la définition de langages parlés et d'images afin d'améliorer la polyvalence des robots d'usine ». Mises en pratique pour réduire le coût à la fois de la fabrication de services devant intensifier le travail et de l'achat de ces services, des machines basées sur le principe du microprocesseur généreront une croissance économique exponentielle avec d'énormes profits, fournissant une vaste somme pour de nouveaux investissements.

Le microprocesseur — l'équivalent moderne de la flûte hollandaise ou de la machine à vapeur, apparue plus tard, qui a multiplié la force de traction animale — est la principale source de la croissance récente de la productivité dans l'ensemble du monde industriel avancé. Des robots programmés par des microprocesseurs ont réduit le coût de fabrication de produits tels que l'automobile. D'après Kenichi Ohmae, l'un des principaux analystes de la gestion au Japon, auteur du *Monde sans frontières*, les neuf constructeurs automobiles japonais n'emploient que 600 000 ouvriers pour produire 12 millions de voitures par an. En comparaison, il faut à Detroit deux millions et demi d'ouvriers pour en construire le même nombre.

La croissance effective dans le XXIe siècle se fera quand les services — d'abord dans la communication et plus tard dans la santé et l'éducation — seront transformés en produits qui pourraient être plus proprement appelés objets, parce qu'ils incarneront des fonctions précédemment accomplies par des personnes. *Objet, machine, instrument, appareil* — il est difficile de choisir un mot qui décrive exactement ce nouveau développement industriel. Les automobiles et les téléviseurs ne sont-ils pas des objets ? De plus en plus, grâce à l'ordinateur, les objets de l'avenir bougeront, parleront et travailleront. Ce sont alors plutôt des machines ou des instruments. Si je n'utilise aucun de ces termes, c'est parce qu'ils évoquent des technologies antérieures fondées sur l'utilisation de l'énergie et non sur la manipulation de l'information qui est, peut-être, la principale caractéristique de l'objet nomade dans les temps à venir. Plus générique, le mot *objet* correspond mieux à la nature de ces choses qui restent avant tout des marchandises, quelle que soit la fonction prévue pour elles.

Comme les objets de l'Antiquité païenne, les

objets nomades du futur ne seront pas inertes, ils représenteront la vie, l'âme et les valeurs de ceux qui les créent et les utilisent. Ils seront essentiellement des extensions de nos sens et des fonctions de notre corps. Les ordinateurs augmentent les facultés du cerveau humain, par exemple, et l'on attend d'eux qu'ils offrent, un jour, une sorte d'intelligence artificielle. De nouveaux instruments d'enseignement informatisé, ce qui équivaudrait à placer à la portée de tous les étudiants le contenu entier de la Bibliothèque du Congrès (American Library of Congress) ou du British Museum, offriront la réplique individualisée de l'instruction naguère proposée d'une manière standard par les écoles. Le transistor, innovation capitale, a rendu d'abord portable la radio (exemple d'un des premiers objets nomades industriels), puis mobile l'écoute de la musique. Par la suite, le magnétophone, puis le baladeur (le « Walkman » de Sony) ont permis au consommateur, promeneur dans l'espace, d'écouter de la musique n'importe quand et n'importe où il le voulait. De même, le vidéoscope lui permet de se promener dans le temps. Programmé par un système d'horlogerie à quartz, autre innovation majeure, le vidéoscope stocke des images qui peuvent être vues plus tard. Il remplace un service coûteux (les émissions de télévision) par un objet privé (la cassette). Le compact disque ainsi que le vidéodisque nous ont permis de voir, d'entendre et de conserver dans un espace très restreint des sons et des images, d'en vendre les copies en série et d'en faire collection. Enfin, la communication d'images, de formes et de sons est encore plus développée par les synthétiseurs, les télévisions à écrans multiples et les scanners.

Plus récemment, l'ordinateur personnel — une

miniaturisation des machines équipant les entreprises — a remplacé d'innombrables services auparavant rendus à des personnes privées par des personnes privées : secrétariat, renseignements, comptabilité. Il donne un accès direct à des programmes de jeux (loisir et distraction), à des banques de données de toute sorte (éducation) ou à des programmes d'exercices (de mise en forme : soins de santé). Le consommateur individuel peut utiliser ce remarquable objet pour résoudre des problèmes ou obtenir des services. Des cartes à mémoire électromagnétique spécialement codées, telles les cartes bancaires, permettent au consommateur de payer pour des services et de stocker des informations confidentielles. Cela établit un rapport nouveau avec l'argent et oblige à une réorganisation du système bancaire.

Pour le nomade moderne, les communications deviennent plus simples et plus pratiques. Des messages peuvent être reçus par le répondeur téléphonique, qui est même interrogeable à distance. Grâce au téléphone sans fil portatif, le nomade peut continuer sa vie publique et privée avec d'autres, quel que soit l'endroit où il se trouve, en voiture, en promenade sur une plage, à bord d'un avion. Il n'y a plus d'excuses, il n'y a plus de sanctuaires, il n'y a plus nulle part où se cacher. Cette conséquence est certes une grande ironie du sort. Alors qu'ostensiblement ils libèrent les gens de leurs attaches avec leur lieu de vie, ce genre d'objets nomades rendent plus difficile que jamais d'échapper au monde du travail. On avait cru à une époque que, passé la période de pénurie, un monde hyperindustrialisé mettrait les gens à même de réduire leur temps de travail et d'accroître leurs activités de loisir. C'est exactement le contraire qui arrive. L'homme nomade travaillera sans arrêt, parce que les divisions naturelles du jour et de la nuit, et du temps lui-même, auront été bannies. La télécopie (ou téléfax, ou plus courant : le fax) réduit le temps de communication d'images, de dessins, de manuscrits, de lettres et messages de toute sorte, au temps d'une communication téléphonique. Pour la première fois dans l'histoire, l'homme n'aura pas d'adresse. Le sens du lieu qui a donné naissance à toutes les cultures précédentes ne deviendra guère plus qu'un vague regret.

Les objets nomades qui ont envahi notre vie constituent une galaxie de biens de consommation — au premier coup d'œil désordonnée, disparate, incohérente. En réalité, pourtant, ils sont unis par un principe directeur unique : ils sont conçus pour traiter l'information — images, formes, sons — à très grande vitesse, transformant en objets des services accomplis par des personnes pour d'autres personnes, des objets à la fois portatifs et utilisables, produits par des procédés industriels. Par exemple, la préparation et la distribution de la nourriture sont un domaine dans lequel les services soumis au temps sont déjà devenus des objets produits en série. La congélation autorise le stockage à long terme des aliments. Les fours à micro-ondes ont transformé la confection des repas. Maintenant, au lieu de faire la cuisine, on achètera un plat préemballé préparé en série, à consommer chez soi ou au travail, qui sera prêt à être dégusté en quelques minutes, voire quelques secondes. On mange quand on veut, où que l'on se trouve. Que ce soit en voiture, en avion, en train, en bateau ou chez soi, on mange maintenant pendant que l'on se déplace, afin de ne pas perdre de temps. La demande est très forte pour les plats qui sont rapides à préparer, prêts à cuire et à servir.

En quelques années à peine, les objets nomades ont proliféré, changeant la vie quotidienne de ceux qui ont les moyens de les acheter et de ceux qui rêvent de les posséder. Leur existence, toutefois, n'a guère affecté de manière significative le labeur économique de la huitième forme marchande, pour laquelle ces objets ont encore à toucher les deux secteurs de l'économie les plus sensibles — l'éducation et la santé. Néanmoins, en préparant le consommateur à les utiliser, et l'industrie à les produire, les objets nomades dans les secteurs de l'alimentation et des communications ont ouvert la voie à des objets similaires dans d'autres domaines.

Mais est-il possible d'inventer ce genre d'objets ? Seront-ils réellement capables de remplacer les services rendus par le médecin et le professeur ? La réponse paraît être non. Il semble impossible que l'homme puisse être exclu de l'acte de guérir, ou d'enseigner les autres. Mais le processus a déjà commencé. La logique du marché pousse en avant et le terrain culturel est en voie de préparation.

Partout dans les régions privilégiées du monde, les individus deviennent adeptes du culte de l'être sain et bien informé. Les critères de beauté, naguère si divers et si différents d'une société à l'autre, se fondent de plus en plus maintenant dans un seul idéal homogénéisé. L'individu voudra protéger sa santé, prolonger son existence et demeurer séduisant en gardant une bonne condition physique, par de l'exercice et le contrôle de son poids. Le marché de ceux qui cherchent à être en forme et informés est vaste et lucratif. Le succès mondial du régime d'exercices de Jane Fonda et des homélies de Robert Fulghum témoignent de l'attrait général de ces idéaux. On entend partout les injonctions incessantes de manger mieux, de cesser de fumer, de veiller à ne pas engraisser, etc.

Les citoyens du monde rapide, s'ils veulent participer à ce qu'il offre, doivent travailler dur pour conquérir et garder le droit à leur autonomie. Pour vivre jusqu'à un âge très avancé, pour trouver plus aisément du travail, le citoyen-consommateur devra surveiller sa santé et veiller à son instruction. Faire carrière dépend d'avoir obtenu et maintenu un certain niveau de connaissances. Il n'y a pas d'avenir pour la main-d'œuvre non qualifiée. Les machines sont le nouveau prolétariat. La classe ouvrière reçoit son congé. L'homme nomade s'entend dire que s'il veut trouver plus aisément du travail, il ne doit pas trop compter sur la société pour le maintenir en forme. Il doit se considérer comme son propre sculpteur. D'où la prolifération des clubs de gymnastique, des manuels pour entretenir soi-même sa santé et des cours supplémentaires dans les universités.

L'idéal culturel que traduisent ces aspirations est celui de la vedette de cinéma ou du mannequin. Ce qui a commencé dans les arènes de la musique populaire et de la mode — le hit parade et les vêtements « dans le vent » — est maintenant un phénomène social devenu mondial, c'est le refus de respecter les limites de classe, d'ethnie et de nation. Lentement, sûrement, avec séduction, la définition du désirable a fusionné avec celle de l'acceptable. Ensemble, ils forment un consensus puissant et dangereux, qui repousse ce qui est estimé anormal et laid. Le bouc émissaire est non plus simplement celui qui n'a pas d'argent, mais celui qui n'est pas en bonne forme : le gras, le contrefait, le paresseux, le malade, l'ignorant.

C'est en réponse à la demande pour l'uniformité dans l'apparence que surgiront les technologies nomades importantes concernant la santé et l'éducation. Car les médecins et les enseignants ont la fonction sociale d'attester que chaque personne répond aux normes que la société impose implicitement à ses membres. Ces objets, conçus pour surveiller l'apparence et mesurer la santé, existent déjà. Certains sont utilisés dans le privé et ont une origine lointaine, comme le miroir pour juger de sa beauté, la balance pour surveiller son poids, le thermomètre pour prendre sa température. Des exemples d'objets nomades d'une période plus récente comprennent les tests pour connaître la quantité d'alcool absorbé (l'alcootest), la quantité de graisse et même pour savoir s'il y a ou non grossesse. D'autres doivent être réservés encore aux professionnels : électrocardiographes, et appareils pour évaluer la tension artérielle, entre autres. Mais la technologie dépouille vite de sa raison d'être le professionnel de la santé.

Les objets d'autodiagnostic deviendront de plus en plus sophistiqués. Ils emploieront des microprocesseurs pour mesurer un paramètre, le comparer à la valeur normale et annoncer le résultat du test. Pendant quelque temps encore, seuls les médecins seront autorisés à se servir de ces nouveaux objets. Mais ils seront miniaturisés, simplifiés, fabriqués à coût très bas et rendus disponibles, en dépit de la forte opposition du corps médical qu'ils concurrenceront. Un jour, tout le monde portera au poignet un appareil qui enregistrera continuellement les battements du cœur, la pression artérielle et le taux de cholestérol.

Même le traitement du cancer et la chirurgie pourraient un jour être autopratiqués. Isemi Igarashi, vice-président du bureau d'études de Toyota, envisage la création d'une capsule microscopique que l'on introduirait dans le sang d'un individu avec mission de repérer et détruire un cancer. Des chercheurs perfectionnent déjà un minuscule détecteur biomédical pour mesurer l'écoulement du sang. L'avenir des micromachines paraît si prometteur qu'en août 1990, au Japon, le ministre du Commerce et de l'Industrie a choisi ces appareils comme la prochaine cible industrielle de son pays. Kenzo Inagaki, sous-directeur du bureau de l'outillage du ministère, croit que dans le futur « nous pourrons effectuer la chirurgie à domicile, économisant ainsi les frais d'hospitalisation et de bloc opératoire ».

Le désir de se maîtriser, de s'équiper de systèmes avertisseurs capables de détecter dès le début l'assaut de la maladie ou de la détérioration physique, la familiarité croissante avec des écrans et des images générées par ordinateur, la méfiance grandissante envers la corporation médicale, combinée à la foi dans la supériorité (et même l'infaillibilité) technologique des objets nomades ouvriront d'énormes marchés à ces appareils. Les praticiens, privés d'une partie de leur fonction traditionnelle, trouveront néanmoins de nouveaux rôles en soignant les maladies qui auparavant, sans les objets nomades, n'auraient pas été détectées. Ils collaboreront aussi à la production et à l'expérimentation de ces dispositifs d'autosurveillance médicale.

Des instruments d'autodiagnostic aideront à mesurer les progrès sur le plan de l'instruction. Des tests par ordinateur et des jeux éducatifs y préparent déjà le public. Comme les jeux binaires requièrent seulement un oui ou un non, ces jeux peuvent être aisément introduits dans la mémoire d'un ordinateur, rendant possible pour les enfants l'emploi de l'ordinateur personnel pour tester leurs connaissances. Il existe actuellement des programmes qui permettent à chaque étudiant de vérifier ce qu'il ou elle a appris, et de préparer des examens à domicile pour beaucoup de matières différentes et à de nombreux niveaux.

Des objets nomades de la même sorte, mais extrêmement plus sophistiqués, permettront aux enfants d'acquérir par eux-mêmes des connaissances aujourd'hui fournies par le monde de l'école et des enseignants. La différence entre instruction et jeu s'estompera ; la pédagogie moderne prépare déjà à l'avènement de ce jour. Apprendre, c'est vivre par procuration, voyager par les images. L'homme nomade étudiera à tous les âges, sur des écrans et avec des images que l'on manipulera soi-même, poussé par le besoin d'être informé, d'être au courant de tout ce qui se passe dans le monde, cette succession fugitive de tragédies et de comédies. Les vidéodisques contiendront des dictionnaires entiers à consulter. Demain, les enfants écouteront l'ordinateur-professeur exactement comme aujourd'hui ils utilisent une calculette au lieu de se rappeler la table de multiplication. Le camescope deviendra beaucoup plus perfectionné. Aujourd'hui, c'est un outil de loisir, demain il sera un instrument pour enregistrer en permanence l'information. Il deviendra un outil pour la recherche de données, surtout quand il sera couplé avec l'ordinateur personnel. Des bibliothèques entières seront conservées dans ces vidéo-ordinateurs. L'homme nomade aura alors la faculté de bouquiner à sa fantaisie.

Tous ces objets utiliseront des mémoires magnétiques ou optiques dont les capacités atteindront plusieurs milliers de milliards de caractères. Nous les considérerons comme indispensables, de même qu'aujourd'hui nous ne parvenons pas à imaginer comment nous avons survécu sur la Terre avant l'arrivée de la photocopieuse et du fax. Ce genre d'objets soutiendra la croissance économique jusque dans un lointain avenir. Parce qu'ils nous donnent des pouvoirs comme jamais auparavant, nous serons libres de vivre où nous en avons envie, avec les outils portatifs dont nous avons besoin pour rester en contact les uns avec les autres, détachés des usines et des immeubles de bureaux du passé.

Ce n'est pas par hasard que j'ai choisi le terme *nomade*. Non seulement me semble-t-il caractériser les objets industriels à venir, mais il est aussi le mot clef qui décrit le mieux la culture de consommation et de mode de vie du prochain millénaire. Par exemple, le divertissement et les loisirs seront consacrés à l'idéal du voyage ; la télévision nous permet déjà d'aller et venir d'un bout à l'autre du monde, dans l'espace et dans le temps, dans la réalité et dans la fiction. De plus, elle nous permet de voyager sans même avoir à nous extraire de nos fauteuils confortables à la maison. Ainsi participons-nous à la vie nomade au moyen de la télévision, zappant d'une chaîne à l'autre. Vivant la vie à travers des images électroniques, nous voyageons et nous acquérons une expérience du monde par l'imagination et sans risques. Un programme de télévision est donc un produit particulièrement profitable et il continuera à l'être pendant encore de nombreuses années.

Dans le même temps, le désir d'entreprendre pour de bon des voyages va stimuler une croissance sans précédent du tourisme. Forme majeure du développement économique, le tourisme exigera une croissance incessante dans l'hôtellerie, les moyens de transport, les ports et les aéroports, les trains et les routes dans les espaces du Pacifique et de l'Europe, aussi bien que dans la périphérie, pittoresque encore que dangereuse. Ces facilités fourniront au voyageur tout le confort de son domicile. De même que les téléspectateurs voyageront en restant immobiles, de même les touristes seront toujours entourés de rappels de leur foyer tout en voyageant.

Ceux qui n'auront pas accès à ces objets nomades et à ces rêves de voyage voyageront à travers les images recyclées des excursions des autres. Ou, ce qui est pire, par l'usage de stimulants de toute sorte, en particulier les drogues et l'alcool. L'expansion industrielle, il faut l'admettre, est fondée sur la promotion de valeurs (la culture du choix) qui conduisent à leur usage. Les drogues sont les substances nomades des perdants du millénaire, des exclus et des rejetés. Elles fournissent un moyen de migration interne, une sorte d'évasion perverse hors d'un monde qui n'en offre aucune.

Les automobiles, les avions, les trains et les bateaux (les moyens de transport qui ont en premier lieu rendu possible la culture nomade moderne) seront les endroits privilégiés où s'accumuleront les objets nomades de la deuxième et de la troisième génération (téléphone, télécopieuse, télévision, lecteurs de vidéodisques, ordinateurs, fours à microondes). Comme ces objets sont des prothèses rendant le voyage moins onéreux, ils parleront et travailleront comme si c'étaient des êtres vivants. Ils utiliseront de nombreuses sources d'énergie : la solaire, la nucléaire, l'hydrogène. L'homme nomade les considérera de la même façon que les gitans leurs roulottes.

La montre-bracelet sera l'objet nomade par excellence, le symbole premier du prestige et de l'utilité, l'accessoire essentiel. Elle a déjà bien d'autres fonctions que de dire l'heure : elle peut contenir des numéros de téléphone, des adresses, une calculette. Elle peut mesurer le degré hygrométrique et la température de l'atmosphère. Elle peut inclure un calendrier électronique et stocker d'innombrables *bits* d'informations personnelles, des pièces d'identité, des préférences culturelles. Elle est le lien avec de multiples réseaux extérieurs, ainsi qu'un distributeur de médicaments. Elle est aussi un élément convoité de l'habillement nomade, un membre artificiel, un ornement, le bijou de l'homme nomade. Un jour, quand le son sera numérisé, elle obéira à la voix.

Le téléphone sera bientôt réduit à la dimension d'une carte à mémoire insérable dans un minuscule appareil portatif. Relié par ondes radioélectriques à de complexes réseaux électroniques, il permettra à une personne de se mettre en communication avec n'importe quel correspondant de son choix, sans que nul sache où elle se trouve. Peu importera le lieu d'origine. Identifier le nomade du deuxième millénaire par un numéro ou rien que par son nom suffira. Prononcer son nom sera seulement nécessaire pour lui parler ou lui écrire. Le fax sera bientôt, à son tour, de la taille d'une carte à mémoire personnelle, pouvant être insérée dans n'importe quel appareil télécopieur pour recevoir tout son courrier à son nom sans donner son adresse, quel que soit l'endroit où l'on est. La carte à mémoire deviendra le principal membre artificiel d'une personne, à la fois carte d'identité, chéquier, téléphone et fax — en somme, le passeport de l'homme nomade. Ce sera une sorte de moi artificiel.

Pour l'utiliser, il suffira de la brancher sur les réseaux électroniques d'information et de commerce qui sillonnent le globe, les oasis des nouveaux nomades. Ces réseaux seront aussi facilement accessibles, homogènes et intégrés que le sont les distributeurs de billets dont nous utilisons les services en insérant simplement notre carte bancaire dans leur fente. Ces réseaux de l'avenir seront placés dans des banques, des magasins, tous les lieux publics (au moins dans les zones métropolitaines les plus riches). Un jour, les ordres pourront être donnés uniquement en parlant.

Les nomades moyens habiteront dans des logements impersonnels, comme les hôtels qui entourent aujourd'hui tous les aéroports du monde. Seuls les nomades riches les plus fortunés auront les moyens de devenir propriétaires dans les grandes villes, qui joueront le rôle de pôle d'attraction pour leurs frères de tous les secteurs et régions du globe. Les villes seront des places fortifiées, dangereuses, cœur complexe de réseaux électroniques, champ de rêves câblé.

Les objets nomades d'autosurveillance rendront possible à l'homme de sacrifier sur l'autel de Narcisse. Chaque bien de consommation aura pour l'homme nomade une fonction identique à celle des amulettes dans l'Antiquité, il sera destiné à écarter la mort et prolonger la vie. De même qu'il n'y a pas de miroir sans produits de beauté, pas d'autodiagnostic sans outils pour se mettre en condition, de même les objets nomades de demain répondront aux besoins de l'homme nomade de se rendre parfait. Une fois mesuré l'écart entre eux et la norme de santé socialement approuvée, des produits industriels fabriqués en série permettront à tous de se ramener à « la normale ». Les exemples abondent déjà : des médicaments qui provoquent une perte de poids ; des implants qui restaurent la beauté ; des verres de contact qui donnent aux yeux une couleur plus désirable ; des perruques qui masquent la calvitie ; des préservatifs et pilules qui évitent la grossesse ; des pacemakers (stimulateurs cardiaques) qui régularisent le rythme cardiaque.

Un pas considérable sera franchi quand on pourra brancher des microprocesseurs sur différents organes du corps, de façon à surveiller en permanence des différences avec la norme et à rétablir l'équilibre. Déjà on injecte automatiquement de l'insuline aux diabétiques ; bientôt on injectera des vitamines aux bébés. Ces microprocesseurs, d'abord fabriqués avec des matérieux que le corps tolère, puis à partir de biomatériaux, délivreront des médicaments à intervalles réguliers.

Les semi-prothèses, semi-copies des organes qu'ils sont destinés à réparer ou à remplacer, révolutionneront le traitement de la maladie. Pendant de nombreuses années, l'industrie a fabriqué et vendu des articulations et des doigts, des lentilles, des os, des valves cardiaques, des jambes et des dents artificielles, ainsi que du langage artificiel et des appareils pour faciliter le mouvement. Demain, nous fabriquerons des poumons, des reins, des estomacs et des cœurs artificiels. Peut-être même des foies, un jour. Est-ce impossible d'imaginer l'inimaginable ? Que même le cerveau humain en vienne à être reproduit artificiellement ? Somme toute, des généticiens sont en train d'inventer des méthodes permettant au corps humain d'être stimulé pour se défendre ou se réparer lui-même par la thérapie des gènes, au moyen de l'implantation de cellules modifiées sur le plan génétique. On trouve au nombre des produits thérapeutiques courants une hormone de la croissance humaine à utiliser pour combattre le nanisme.

A la fin de cette mutation culturelle, on peut imaginer que l'homme même deviendra un objet nomade. Couvert d'organes artificiels, il deviendra à son tour un organe artificiel, achetable et vendu comme n'importe quel autre objet. Fantasme ? Simple extrapolation des tendances actuelles ? Examinons de plus près cette possibilité.

Il y a longtemps que ce qui est vivant est traité en marchandise à vendre et acheter. Les animaux et les végétaux sont non seulement mis sur le marché, mais depuis peu les espèces de plantes et d'animaux peuvent aussi être brevetées. Elles peuvent être produites et commercialisées comme n'importe quel autre objet fabriqué. Un seuil décisif a été franchi le jour où un industriel a été reconnu comme le propriétaire légitime d'une espèce vivante. Les exigences de la diététique ont déjà conduit à l'élevage d'animaux et à l'invention de processus artificiels de production pour les plantes, puis à la production de plantes elles-mêmes artificielles. Pour rentabiliser ces recherches, l'industrie a exigé le droit de prendre un brevet pour ses produits. Les mêmes raisons ont déjà fait déposer des brevets pour des organismes unicellulaires et, récemment, pour des organismes multicellulaires.

Sachant que l'homme lui-même n'est qu'un organisme particulièrement complexe, nous ne pouvons exclure la perspective que certains, un jour, puissent espérer breveter un être humain. L'humanité a déjà fait un premier pas sur cette voie cauchemardesque. Aujourd'hui, nombreux sont ceux qui aimeraient être capables de décider de n'avoir qu'un seul enfant. L'insémination artificielle ou la fécondation *in vitro*, à l'origine mises au point pour aider les parents stériles à avoir des enfants, permettent aussi d'avoir des enfants sans partenaire. On peut imaginer qu'un jour prochain une femme décidera de stocker quelques-uns de ses ovules afin d'avoir des enfants plus tard, à une date choisie par elle, avec le sperme d'un donneur connu ou inconnu. Un jour, elle sera aussi en mesure de choisir le sexe de l'enfant, ce qui ébranlera l'un des équilibres statistiques majeurs de l'histoire humaine.

On peut envisager un temps où les parents auront le loisir de choisir les caractéristiques des enfants qu'ils veulent avoir. Au commencement, bien sûr, les gens chercheront à éviter d'avoir des enfants porteurs de risques de maladies héréditaires ou de difformités. Qui le leur refusera ? Les médecins s'efforceront de calculer ces risques en analysant les gènes. Aujourd'hui, il est déjà possible de déceler les causes génétiques de la mucoviscidose et du mongolisme (ou trisomie 21). Pour découvrir ce type de défaut, des études entreprennent de repérer et de décoder les gènes, au nombre de plus de 100 000, qui définissent les êtres humains. Si elle réussit, cette recherche pourrait conduire à l'établissement d'une sorte de carte d'identité génétique pour chaque individu. C'est un grand défi scientifique — un des plus difficiles que l'on ait jamais tenté de relever. Qui pourra s'y opposer ?

Comme toujours, le sentier dangereux est en pente glissante. Nous commencerons par manipuler les gènes pour réduire les risques. Ensuite nous passerons de la guérison des cas pathologiques à la modification du cas normal. L'établissement d'une carte génétique nous permettra, au moment de la fécondation, *ab initio*, d'éviter d'avoir un embryon qui menace de souffrir d'une carence dans le programme génétique. Puis nous voudrons réparer les erreurs génétiques. Enfin, nous tâcherons de concevoir *ab initio* un embryon « normal ».

Dans un avenir lointain, on peut imaginer que l'homme apprendra à exécuter en série la réplique d'un modèle qu'il aura lui-même défini. A ce stade, il sera grandement tenté d'acheter et de consommer son propre double, des copies pour ainsi dire de gens aimés ou d'hommes et de femmes de rêve spécialement créés, des hybrides fabriqués à partir de donations de traits particuliers, sélectionnés pour atteindre des objectifs précis. Des fœtus sont déjà commercialisés, et les foies sains des morts sont vendus aux vivants. Un jour, tout le monde sera capable de faire l'inventaire de soi-même ou des autres, de chercher dans les banques d'organes, de consommer d'autres hommes comme des objets et de s'introduire dans d'autres corps et d'autres esprits.

Le résultat sera une espèce de folie nomade. L'homme se créera lui-même comme il fabrique des marchandises. La distinction entre culture et barbarie, entre vie et mort, s'estompera. Où trouverons-nous la mort ? Dans la destruction du dernier clone de soi-même ou dans l'oubli des autres ? Et serons-nous encore capables de parler de vie quand l'homme sera envisagé seulement comme un produit et un objet ?

Tout ceci marquera une orientation nouvelle capitale. La culture du choix, unie à la logique du marché, donnera à l'homme les moyens d'acquérir un degré d'autonomie personnelle sans précédent. La possession d'objets nomades (ou la possibilité d'en avoir) sera considérée comme un signe de liberté et de puissance. En effet, de même que l'homme païen trouvait sa force en consommant des objets qui, pour lui, contenaient l'esprit de la vie, de même l'homme du nouveau millénaire se sera rendu capable de consommer, dans le sens marchand du terme, des morceaux de lui-même. Il aura adhéré à ce qui équivaut à un culte de cannibalisme industriel.

V

L'ABANDON DE LA SOUVERAINETÉ ET LA NÉCESSITÉ DE LIMITES

Nous vivons dans un monde qui, simultanément, se rétrécit et entre en pleine expansion, qui devient plus proche et plus éloigné. Les nouvelles de la chute de tyrans ou de la suppression de dissidents sont diffusées instantanément dans le monde entier. De vaste sommes d'argent sont transmises électroniquement en quelques secondes. Les frontières nationales perdent de plus en plus leur raison d'être. Et pourtant l'esprit planétaire ne triomphe nullement. Les tribalismes de toute sorte s'épanouissent. L'irrédentisme foisonne. Des cris réclamant « l'autodétermination » s'élèvent dans un monde où l'idée même de souveraineté est vidée de son sens par les problèmes planétaires apparemment irréductibles qu'affronte maintenant l'humanité.

Jamais le monde n'a été plus asservi par les lois de l'argent. Le capitalisme croit cyniquement à sa supériorité. Il anime la culture du choix dont l'expression politique est la démocratie. Ses promesses généreuses ont inspiré un consensus qui se rit de toutes les frontières, que ce soit les barrières entre nations, races, classes ou religions. Il excite la concurrence pour les avantages économiques et inspire la créativité industrielle. Il récompense les gagnants et punit les perdants.

Mais le succès même du capitalisme crée les conditions pour un échec. Le nouvel ordre mondial qui approche entraîne des conséquences funestes : la neuvième forme marchande, quel que soit le lieu où sera son centre, remplacera des actes vivants par des artefacts morts, elle traitera la nature comme de la marchandise et transformera l'homme lui-même en produit fabriqué en série. Elle créera un gouffre entre nomades riches et nomades pauvres. Le rêve de choix infini risque de se métamorphoser en cauchemar où n'existe plus de choix du tout. Un monde d'abondance peut sombrer dans une ère de pénurie. Somme toute, la Terre n'a pas le bonheur de posséder un stock de ressources inépuisables.

Le prochain millénaire sera terrifiant ou magnifique, selon notre aptitude à limiter nos rêves. Tout n'est pas possible, ou ne devrait pas l'être. Il faut que nous ayons la sagesse de restreindre nos rêves. Il y a des limites (éthiques et biologiques) que nous dépassons à nos risques et périls. Pour créer une civilisation durable, l'humanité doit se débrouiller pour se réconcilier avec la nature et avec elle-même. Elle doit adopter une culture politique pluraliste et tolérante qui soit imbue d'un sens profond du sacré.

Notre survie en tant qu'espèce ne requiert pas moins. Le problème le plus pressant de l'avenir sera la lutte pour apprendre à résoudre des problèmes qui sont, et c'est la première fois, mondiaux dans leur essence. Le « mondialisme » caractérise les problèmes qui se posent à nous. La richesse et la pauvreté, l'immigration et le développement, la drogue, le désarmement et l'environnement sont inextricablement liés. Nous aurons besoin de nous faire une nouvelle vision politique et de trouver de nouvelles institutions qui soient capables de compenser les limitations inhérentes à l'État-nation et la logique contraignante du marché. Une vision de gérance loyale mondiale exigera, surtout, des leaders politiques qui reconnaissent la nécessité de limites et aient le courage d'abandonner les notions traditionnelles de souveraineté nationale. Cette ligne de conduite se heurtera sans doute à d'énormes obstacles. Mais ces obstacles peuvent difficilement être plus grands que ceux surmontés par les États-nations nouvellement apparus à la fin du XVIIIe siècle. La transition de l'époque de la monarchie à l'ère du gouvernement par la loi et la séparation des pouvoirs a été pour les hommes de ce temps un passage aussi capital et périlleux que le nouveau millénaire où nous allons entrer maintenant.

Jamais encore on n'a disposé pour modeler l'avenir d'autant de pouvoir que maintenant. Et jamais encore il n'y avait eu autant de décisions urgentes à prendre par une seule génération afin que le monde mette en œuvre son formidable potentiel de prospérité tout en restant vivable. Ce serait téméraire et même choquant de ma part si j'assurais à mes lecteurs que ces décisions seront prises. Aujourd'hui, comme par le passé, bien des choses échappent à toute prédiction. Des événements inattendus, des hommes et des femmes auxquels on n'aurait pas pensé, des idées invraisemblables surgissent quand on s'y attend le moins. Des individus, que ce soit Mahomet ou Luther dans les temps anciens ou Gorbatchev aujourd'hui, ont l'extraordinaire faculté d'infléchir le cours de l'histoire dans une direction et avec une rapidité qu'aucun astrologue, si prescient soit-il, ou aucun professeur, quelle que soit son érudition, ne peuvent vraiment prévoir. Tout ce qu'on peut raisonnablement dire est que le monde changera probablement dans les dix prochaines années davantage que dans n'importe quelle autre période de l'histoire.

Néanmoins, comme j'ai tenté de le suggérer au long de ces réflexions, on peut discerner les grandes lignes de l'aube du deuxième millénaire, dans ses champs de force comme dans ses divers périls. Ceci au moins est clair : entre maintenant et l'an 2000, l'ordre de l'argent deviendra universel. De Santiago à Pékin, de Johannesburg à Moscou, tous les systèmes économiques s'agenouilleront devant l'autel du marché. Partout, les gens sacrifieront aux dieux du profit. Deux espaces économiques — en concurrence, instables, mais de plus en plus homogènes — lutteront pour la suprématie, l'un organisé autour du Pacifique, l'autre autour de l'Europe. Ils rivaliseront pour conquérir les cerveaux, les méthodes et les marchés. Dans chacun d'eux, la prouesse militaire cédera le pas à la puissance économique. La démocratie régnera en général.

Cette évolution n'est pas certaine. Dans l'espace du Pacifique, par exemple, l'Amérique finira par réagir à la puissance japonaise. Cela se produira quand sa dépendance deviendra évidente de façon douloureuse (et embarrassante). Il est probable qu'alors les États-Unis se ressaisiront, ils créeront des programmes à grande échelle pour rattraper le temps perdu, ils instaureront une politique industrielle en augmentant l'intervention du gouvernement dans l'économie, en particulier dans les services financiers. Sans doute se tourneront-ils vers l'Amérique latine et l'Europe en vue de trouver un appui et des débouchés pour leurs marchandises. Si les événements confirment la fin de la guerre froide, l'Amérique sera soulagée du fardeau militaire que représentait la défense du continent contre l'expansionnisme soviétique. Cela rendra peut-être possible aux Américains d'établir graduellement une sorte d'équilibre économique, politique et financier.

Le succès de cet effort tardif n'est nullement garanti, sauf si les Américains sont prêts à accepter une conversion durable de la consommation à l'épargne, ce qui serait périlleux sur le plan politique pour ceux ayant le courage de soutenir cette tactique de réforme et de reconstruction.

Dans l'espace européen, une intégration harmonieuse du continent n'a rien de certain. Nombreux sont les obstacles à surmonter avant que la tendance à l'union économique parvienne à s'exprimer dans une politique. Mais cela se produira un jour, ne serait-ce que parce que sans progrès dans cette direction tous les autres gains seraient compromis. Par exemple, si la création d'une union monétaire ne conduit pas rapidement à la création d'une banque centrale et à une monnaie commune, la libre circulation des hommes, des capitaux et des marchandises serait rendue impossible. En outre, si les institutions entièrement européennes ne sont pas démocratisées et leur accès ouvert à l'ensemble des pays de la région, alors les décisions qui affectent la totalité des nations de l'Europe deviendront impossibles à respecter par toutes. Les douze membres actuels de la Communauté européenne ont trop à perdre s'ils reculent pour ne pas avancer dans cette direction.

Dans la moitié est de la sphère européenne,

l'ivresse d'une liberté nouvellement acquise a déjà cédé la place au pessimisme, sinon même carrément au désespoir. Les économies sont fragiles, les populations impatientes. La prospérité leur échappe, tandis que l'amertume s'accroît. Le virus du totalitarisme n'est pas entièrement éradiqué et, comme toujours, il est plus dur à gouverner qu'à combattre. La réapparition de régimes autoritaires n'est pas à exclure. On peut même s'attendre à l'éclatement de certaines nations. Le désir furieux de régler des comptes va enflammer des passions qui refusent de s'apaiser. Néanmoins, je crois que la raison a des chances de prévaloir et que les Européens ne commettront pas la même erreur trois fois de suite en un siècle. Est-ce trop optimiste ? Peut-être. Je serais rien moins qu'honnête si je n'avouais pas avoir de l'appréhension. Peu importe. Les dés ont été jetés et rien ni personne ne peut faire comme s'ils n'avaient pas été lancés.

En admettant que tout se passe bien dans les deux espaces rivaux, des années d'expansion économique s'annoncent. Les objets nomades étaieront l'hyperindustrialisation de l'un et l'autre espace. Ils modifieront de façon fondamentale les relations entre les gens et leur santé, l'éducation, la culture et les communications ; ils transformeront l'organisation du travail, des transports, des loisirs, de la cité et de la famille. Ils deviendront moyens de création et de destruction, de subversion et d'unification, de démocratie et de révolution. Les gagnants de cette nouvelle ère seront les créateurs et c'est vers eux qu'afflueront le pouvoir et la richesse. Le besoin de modeler, d'inventer, de créer va estomper la frontière entre la production et la consommation. La création ne sera plus une forme de consommation, elle deviendra du travail — du travail qui sera amplement rémunéré. L'enfant qui apprend, l'adulte qui surveille sa santé, le créateur qui transforme des rêves en objets seront considérés comme des travailleurs qui méritent d'avoir du prestige, la gratitude de la société et une rémunération de sa part.

A la vitesse à laquelle changent les choses, rien de tout cela ne semble inévitable aujourd'hui. Quand chacun comprendra que les grands défis du XXIe siècle sont mondiaux, que le problème de l'immigration se combine avec celui du développement, que le problème de la drogue et celui du désarmement n'ont de solution qu'à l'échelle planétaire, que la production économique qui continue à croître dans sa forme actuelle menace la survivance de l'espèce humaine, entretenant de plus en plus de nomades, chacun désirant avidement de plus en plus d'objets, chacun créant de plus en plus de déchets — quand chacun aura compris cela, peut-être bien qu'il sera trop tard.

Les défis qui s'imposent à nous avec le plus d'insistance sont les questions connexes de l'explosion démographique, de la pauvreté et de la drogue, la menace qui pèse sur l'environnement, la manipulation génétique et la prolifération des armes. Nous sommes loin de comprendre pleinement les implications de ces problèmes. Les résoudre demandera des leaders qui sont préparés à accepter un abandon impopulaire de souveraineté. Les gens doivent se protéger contre eux-mêmes, cesser de se croire les propriétaires du monde et de l'espèce, et admettre finalement que l'homme n'est qu'un locataire. Les notions de sanctuaire, de gestion fraternelle humanitaire et de ce qui est sacré doivent devenir les slogans qui soutiendront un programme mondial de survie. Y réussir requiert que nous résistions à la logique perverse de la culture du choix. Leszek Kolakowski a souligné le grave péril auquel l'humanité s'expose quand elle abandonne le sacré : « La culture, quand elle perd son sens du sacré, perd tout sens du reste. Avec la disparition du sacré, qui impose des limites à la perfection susceptible d'être atteinte par le profane, surgit une des plus dangereuses illusions de notre civilisation — l'illusion qu'il n'y a pas de bornes aux changements que peut subir la vie humaine, que la société est "en principe" perpétuellement flexible, et que nier cette flexibilité et cette perfectibilité est nier la totale autonomie de l'homme et, partant, nier l'homme lui-même... L'utopie de la parfaite autonomie de l'homme et l'espoir de perfection illimitée sont peut-être les instruments de suicide les plus efficaces jamais inventés par la culture humaine. Rejeter le sacré, c'est rejeter nos limites. C'est aussi rejeter l'idée du mal. »

Les problèmes qui assailleront l'homme du millénaire exigent que nous réintroduisions au cœur de la vie politique l'idée du mal, l'idée du sacré. Nous devons définir d'une façon démocratique des normes mondiales pour qu'elles s'appliquent de manière à ce que partout les gens les jugent acceptables. Les institutions des Nations Unies n'ont pas été prévues pour cette mission. Elles n'en ont ni les moyens ni le mandat. Il faut qu'elles s'élèvent à un plus haut niveau d'organisation internationale en devenant des institutions avec une réelle autorité supranationale, une puissance politique planétaire véritable qui soit capable d'imposer des normes dans les régions où la survie de l'espèce humaine est en jeu.

Peu de pays accepteront facilement ce transfert de pouvoir. Je ne sous-estime pas la difficulté qu'il y a à obtenir l'adhésion démocratique à ce projet dans un monde peuplé de sept ou huit milliards d'êtres humains (dont cinq milliards au-dessous du niveau de survie). Dans sa forme embryonnaire, une rencontre au sommet régulière entre chefs d'État représentant les nations des différents continents pourrait préfigurer des institutions de cette sorte et dégager quelques-unes des normes nécessaires. Sinon, elles seront imposées par des comités d'experts nommés par eux-mêmes ou par d'obscures synarchies.

L'autorité et les institutions internationales semblent indispensables dans au moins cinq rubriques de première importance : la malnutrition, les gaz toxiques, les manipulations génétiques, les armements et la drogue. Sauver des enfants de la maladie et de l'ignorance nécessite l'instauration d'organisations financières internationales qui mettent au point de nouvelles formes de donation et d'aide. Sauver l'environnement exige une agence mondiale pour évaluer les dommages déjà causés, à la couche d'ozone par exemple, et pour instituer des normes de pollution maximale acceptable, pour mesurer les écarts pris avec ces normes et aider les pays pauvres à accéder à des technologies qui réduiront et finiront par éliminer les polluants de toute sorte. Protéger l'espèce humaine requiert l'établissement de normes universelles qui nous permettront de surveiller la procréation médicalement assistée, le diagnostic prénatal et l'identification génétique. Nous devons nous accorder sur l'inviolabilité du corps humain et de l'individu ainsi que sur le respect de l'intimité individuelle. Les structures de la vie — l'embryon aussi bien que le gène — doivent être proclamées propriété inaliénable de l'espèce entière et se voir accorder une immunité absolue contre les manipulations, même si cela signifie refuser de soigner ou de corriger un défaut génétique. Il nous faut être vigilants afin d'éviter toute action dans n'importe quel pays qui risque de causer une mutation génétique irréversible.

Nous protéger de la prolifération mondiale des armes impliquera la formation d'une autorité supérieure avec des pouvoirs constitués démocratiquement. Cette autorité supervisera les négociations bilatérales, établira des inventaires, vérifiera l'application des accords et décrétera des sanctions en cas de violation, tant pour les armes chimiques, biologiques et nucléaires que pour des armes plus traditionnelles. Nous protéger du fléau de la drogue réclamera une réglementation internationale visant à exclure de la communauté financière internationale toute institution permettant de blanchir l'argent de la drogue. De plus, une agence internationale devra fournir un soutien à ces pays qui ont besoin de convertir leur économie dépendant de la drogue, et les conforter dans leur lutte contre les trafiquants qui tirent profit des narcotiques.

Ce n'est pas simple d'imaginer des institutions planétaires qui soient simultanément efficaces et démocratiques, en particulier dans ces domaines complexes et contentieux. Les organisations internationales existantes démontrent avec quelle rapidité la bureaucratie émousse la faculté de mener à bien de grands objectifs comme ceux-ci. Pourtant, l'humanité se montrerait d'une négligence coupable si elle n'essayait pas de le faire.

Les États-nations ne disparaîtront pas, certes. Même si le monde s'unifie de plus en plus, si la technologie et les communications deviennent universelles et si des sociétés multinationales installent des filiales dans chaque pays, le pouvoir gouvernemental demeurera local dans une large mesure. Ce sera tant mieux. Seuls des États, situés historiquement dans des frontières stables, peuvent garantir une démocratie à l'échelle humaine. Les gouvernements nationaux seront assurés d'exercer leurs pouvoirs dans au moins trois champs d'action :

Les pays les plus proches du centre de l'espace dominant, que ce soit celui du Pacifique ou de l'Europe, doivent s'efforcer en priorité d'attirer des investissements qui créeront des emplois, des industries et des services, et qui stimuleront et entretiendront la demande des consommateurs. A eux la responsabilité d'obtenir ou de garantir la création de technologies qui automatisent la production, en même temps qu'elles stockent et traitent l'information. Les gouvernements nationaux auront la responsabilité de construire le réseau de communication — ports, trains, villes, réseaux de fibres optiques, marchés financiers — de façon qu'ils puissent attirer d'autres éléments nécessaires pour consolider un centre, une « ville-cœur ». Le sort de pays entiers se jouera sur la localisation d'un aéroport, le tracé de voies pour trains à grande vitesse (T.G.V.), l'emplacement des industries spécialisées dans la fabrication et la distribution d'images et de produits culturels. Il faut que des budgets publics soient les principaux moyens de financer ces réseaux de prospérité. Quelques nations, certes, auront davantage d'intérêts que d'autres dans l'éventail des produits du marché. Mais tous les pays qui désirent réussir auront besoin d'encourager le changement, de faire de la création une ambition fondamentale, de l'invention une exigence, de l'innovation une nécessité. Il faut que des idées nouvelles puissent se développer et que la nouveauté soit récompensée.

La deuxième tâche des gouvernements nationaux

sera de garantir l'accès aux nouveaux objets nomades qui transmettront la santé, le savoir et la culture. Si l'accès aux technologies nouvelles est assuré à tous les individus, ceux-ci auront les moyens de s'épanouir sur le plan culturel et économique. L'avenir de tous les pays dépendra donc de leur capacité à redistribuer les ressources de façon que chaque personne puisse avoir part au nouveau monde hyperindustriel. D'autres méthodes pour faire les choses deviendront nécessaires. De même que la sécurité sociale et les allocations familiales ont permis aux femmes de devenir des consommateurs, de même les consommateurs d'objets nomades — des jeunes aux personnes âgées — doivent avoir un revenu minimum. Allocations et salaires d'étudiant seront institutionnels et d'une importance décisive : pour un pays, tout dépendra de sa capacité à former ses citoyens.

Enfin, les États-nations se différencieront selon le projet social qu'ils offrent implicitement à leur population. Pour certaines nations, chaque citoyen doit avoir droit à la dignité humaine. Pour d'autres, il sera suffisant de permettre à chaque personne de faire fortune. Pour d'autres encore, ce sera le droit à un revenu décent, à un logement et à un pouvoir dans l'entreprise. Chaque nation cherchera à sa façon et selon ses propres traditions à atteindre un nouvel équilibre entre l'ordre et le désordre, entre l'abondance et la pauvreté, entre la dignité et l'humiliation.

En tout premier lieu, un nouveau pacte sacré doit être conclu entre l'homme et la nature pour que la Terre perdure, pour que l'éphémère laisse la place à l'éternel, pour que la diversité résiste à l'homogénéité. La dignité doit être soutenue contre le pouvoir, et la créativité doit se substituer à la violence. La sagesse de l'humanité — et pas seulement l'intelligence des machines — doit être développée dans ce nouvel esprit. Chaque personne doit avoir les moyens d'inventer une destinée. Nul ne devrait être réduit au rôle de spectateur regardant sa propre consommation. Les individus devraient être mis à même de contribuer à l'héritage de la civilisation en donnant à leur consommation une direction au moyen de l'exercice de leur liberté, en aspirant à faire de leur vie une œuvre d'art au lieu d'une morne reproduction.

Un tel avenir se réalisera-t-il par la tolérance ou l'exclusion ? Par le fanatisme ou la compassion ? Une immense incertitude nous attend.

L'ultime réponse à ces questions troublantes est comme toujours enfouie dans les mots, car le langage est la clef de la sagesse. Le terme *nomade* vient d'un mot grec ancien qui cherchait à exprimer la notion de « diviser » ou de « partager en portions ». Au fil du temps, d'autres sens se sont attachés à ce mot, l'un signifiant « loi » et un autre signifiant « ordre ». Que suggère cette évolution linguistique ?

Que le nomade ne pouvait survivre que s'il savait partager ses pâturages avec ses semblables.

Que sans loi il n'y a pas de nomades. Que le premier objet nomade a été la loi elle-même, qui a permis à l'homme d'organiser la violence menaçant son existence et de vivre en paix.

Que la Parole reçue par Moïse dans le désert, sous forme de tables de pierre transportées dans le Tabernacle, reste toujours l'objet nomade le plus précieux de l'histoire parce qu'il est la Loi qui protège la vie et sauvegarde le sacré. Que l'objet nomade que nous devons protéger par-dessus tous les autres est la Terre elle-même, ce précieux coin de l'univers où la vie s'est miraculeusement nichée.

La Terre est comme une bibliothèque, à laisser intacte après nous être enrichis en la lisant et après qu'elle a été enrichie par de nouveaux auteurs. La vie est le livre le plus précieux. Nous devons la manipuler avec amour, en prenant soin de n'arracher aucune de ses pages, afin de pouvoir la transmettre — avec de nouveaux commentaires — à d'autres qui sauront déchiffrer le langage de leurs ancêtres dans l'espoir d'honorer le monde qu'ils laisseront à leurs filles et à leurs fils.

Table

DU MÊME AUTEUR

ANALYSE ÉCONOMIQUE DE LA VIE POLITIQUE, P.U.F., 1973.
MODÈLES POLITIQUES, P.U.F., 1974.
L'ANTI-ÉCONOMIQUE, P.U.F., 1975
(en collaboration avec Marc Guillaume).
LA PAROLE ET L'OUTIL, P.U.F., 1976.
BRUITS, P.U.F., 1977.
LA NOUVELLE ÉCONOMIE FRANÇAISE, Flammarion, 1978.
L'ORDRE CANNIBALE, Grasset, 1979.
LES TROIS MONDES, Fayard, 1981.
HISTOIRES DU TEMPS, Fayard, 1982.
LA FIGURE DE FRASER, Fayard, 1984.
UN HOMME D'INFLUENCE, Fayard, 1985.
AU PROPRE ET AU FIGURÉ, Fayard, 1988.
LA VIE ÉTERNELLE, roman, Fayard, 1989.
LE PREMIER JOUR APRÈS MOI, Fayard, 1990.
1492, Fayard, 1991.

Œuvres de Jacques Attali

Histoires du temps 4011

Quatre périodes se sont succédé de l'origine à nos jours. Quatre rapports différents au temps, qui ont généré des machines de comptage de plus en plus complexes et correspondu à des systèmes de pouvoir extrêmement diversifiés. La première est nommée par Attali *le temps des dieux*. Vision d'un temps cyclique, où l'« avenir est dangereux s'il n'est pas répétition du passé ». C'est l'âge de la clepsydre et du cadran solaire.

Vient ensuite *le temps des corps*, qui correspond à peu près au Moyen Age européen. Les villes se développent, l'économie change, on entre dans l'ère marchande, et les instruments d'évaluation du temps se déplacent avant de se modifier. Et, bientôt, apparaît l'horloge : première machine industrielle.

C'est maintenant *le temps des machines*. L'ère industrielle. Une révolution qui impose un nouveau comptage du temps, une précision supérieure et un découpage plus strict. Les mutations s'accélèrent : l'horloge devient pendule, et la pendule devient montre. On est à l'âge de la production en série, de la division des tâches et de la productivité.

Enfin, s'instaure *le temps des codes*. L'ère du quartz et de l'électronique. Un temps qui coïncide avec l'extension ininterrompue de la gamme d'objets mis à notre disposition, lourd de risques et de menaces. « Travail, loisir, éducation, santé, consommation, retraite, musique et création changent de sens, l'homme risque de redevenir une horloge pour l'homme (...), prothèse de ses propres prothèses. »

Les Trois Mondes 4012

Pour une théorie de l'après-crise

Y voir clair, s'y reconnaître dans le bouillonnement des mots, tel va être à peu près le premier objectif de Jacques Attali dans *Les Trois Mondes*.

Il part d'un a priori selon lequel toutes les interprétations de la crise sont justes, car elles reposent sur des modèles de compréhension du fonctionnement social et du fonctionnement économique qui sont directement inspirés de modèles scientifiques vrais décrivant le fonctionnement du monde. Image pour image, modèle pour modèle, les systèmes s'emboîtent les uns dans les autres et du coup conquièrent leur vérité. Mieux : ils peuvent cohabiter, malgré leurs contradictions apparentes. Ce qui est précisément le cas aujourd'hui, puisque les deux « mondes », *régulation* et *production*, conservent leur actualité et gouvernent les politiques économiques des États.

Enfin, il y a le « troisième monde ». Celui de l'*organisation*. L'hypothèse que va développer Jacques Attali. Conforme aux nouvelles images que nous offrent désormais les théories de l'information, toutes axées sur l'idée que la réalité est structurée par le langage. Hypothèse stimulante, qui permet une relecture intégrale de l'histoire de l'humanité, et surtout, qui permet de situer la crise actuelle, de casser les données traditionnelles du problème en récusant les alternatives : ou le plan ou le marché, ou le collectivisme ou l'individualisme, pour poser les vraies questions : celle du choix entre l'inquiétante sécurité de l'empire totalitaire, et l'impalpable liberté qui entoure le respect de la diversité.

Bruits 4040

Essai sur l'économie politique de la musique

Trois grandes périodes, trois moments principaux rythment l'évolution de l'art musical en Occident, auxquels correspondent « trois utilisations de la musique par le pouvoir ». En premier lieu, la phase du *rituel*. Phase de l'archaïsme, temps des origines. Quand la musique est lutte contre le bruit. Et que peu à peu elle se ritualise, canalise et socialise le bruit « en un simulacre de meurtre rituel ». Elle se fait prière, incantation. Elle module l'angoisse en joie et tente de désigner par son ordre que « la société est possible ».

Ensuite, deuxième étape, celle de la *représentation*. La musique devenue spectacle. C'est l'invention du concert, la mise en scène de la société par elle-même. Musique miroir : le corps social affiche son ordre à travers l'harmonie des notes et leur mathématisation. Le son domestiqué est employé « pour faire croire à l'harmonie du monde, à l'ordre dans l'échange, à la légitimité du pouvoir marchand ». Désormais, l'argent est échangé par l'auditeur contre la vision rassurante du musicien jouant de « concert » et l'écoute de pièces savamment orchestrées. Seulement, l'argent n'est pas neutre. Et insensiblement l'édifice se dégrade. Dans les cassures de la musique se perçoivent les changements qui travaillent en sous-main les sociétés.

Troisième phase, donc : aujourd'hui, ou l'ère de la *répétition*. Les mœurs musicales bouleversées par des inventions techniques qui orientent vers l'audition à domicile. Radio, télévision, disques, magnétophones. Tout devient répétable à l'infini. L'œuvre musicale change de valeur économique et aussi dérive : avènement des musiques décodées, aléatoires, répétitives.

Toutefois, fidèle à ses perspectives, Jacques Attali boucle ses analyses en ouvrant des voies nouvelles. En particulier celle de l'ère de la *composition*. Demain. Quand l'individu s'avisera que sa liberté est une affaire personnelle, intime. Alors la musique sera l'agent de l'autonomie individuelle, de la conscience de soi.

Au propre et au figuré 6596

Une histoire de la propriété

Ce qui change le moins chez l'homme, ce sont les questions qu'il se pose sur lui-même. A toutes les époques, sous toutes les latitudes, dans toutes les sociétés, il a éprouvé les mêmes angoisses, nourri les mêmes doutes, formulé les mêmes interrogations sur son identité, sur le sens de sa vie, de la douleur et de la mort, sur les meilleurs moyens d'être, d'avoir, de durer, de transmettre. A certaines époques, il a trouvé à ces questions des réponses naturelles, cohérentes, rassurantes. Puis le doute s'est réinstallé, les certitudes ont vacillé, les interrogations ont resurgi, des convictions se sont opposées, des ordres se sont dissous.

Ainsi en est-il de la propriété. De tout temps, on s'est demandé quelle était la meilleure façon de l'organiser, la plus juste, la plus libre. On a cru parfois le savoir. D'aucuns ont soutenu que l'homme évoluait, au rythme d'un progrès irréversible, de la propriété communautaire à la propriété individuelle. D'autres ont affirmé que l'évolution et les luttes allaient exactement en sens contraire. D'autres enfin ont rêvé d'une société sans propriété, ni privée, ni collective.

Il m'a semblé découvrir qu'il y avait, derrière chacune des conceptions de la propriété qui se sont succédé et entrechoquées depuis des millénaires, comme un signal toujours présent, comme une obsession incontournable que je résumerai ainsi : ce que cache la propriété, c'est la peur de la mort.

J.A.

La Vie éternelle, roman 6866

Là-bas, sur une île isolée – ou là-haut, sur quelque étoile lointaine –, un peuple coupé de tout par quelque catastrophe majeure répète l'histoire des hommes depuis leurs origines, y compris la traque, l'exil puis le massacre d'une minorité distinguée par ses traditions, ses pouvoirs magiques et la vie éternelle qu'on lui prête. Puis, dans le sang et le chaos, comme se retournent les fioles d'un sablier, s'inversent les flèches du Temps. Mémoire et prophétie se confondent et ce " testament d'outre-monde " se met à ressembler à s'y méprendre aux plus vieilles histoires que l'humanité a vécues, dans la démesure barbare des pires génocides et les espérances les plus folles des faiseurs d'éternité.

Le premier roman de Jacques Attali est tout à la fois un roman de science-fiction (des voyageurs de l'avenir, naufragés sur une étoile), un roman historique (les tragédies du pouvoir dans des temps très reculés), un roman policier (un prince assassiné au fond d'un vieux château), un roman politique (un coup d'Etat préparé de main de maître), un roman épique (trois siècles dans la vie d'une grande famille), un roman d'amour (une princesse balancée entre trois séductions), un roman initiatique (une jeune fille à la recherche de sa vérité et de son père), un roman théologique (le lent décryptage d'un récit cabaliste ouvrant accès à la Vie éternelle), et peut-être même un roman à codes et à clés...

Le Premier Jour après moi 7378

« Je ne me suis pas réveillé ce matin. Je suis mort.
Ainsi commence le premier jour après moi... »

Ce premier jour qui nous inquiète tous, Julien Clavier, cinquante ans, a le privilège d'en être le témoin, invisible et flottant.

Privilège ou disgrâce? Pourquoi Sarah, sa maîtresse, qui le découvre au matin, n'alerte-t-elle pas immédiatement un médecin? Pourquoi s'empare-t-elle précipitamment des somnifères qu'il avait pris pour s'endormir?

Et le récit fantastique tourne au roman policier. Cependant que l'auteur, aussi à l'aise dans le roman que dans les hautes sphères de la banque et des affaires publiques, s'interroge et nous interroge sur l'ambition, l'amour, le destin...

1492 9563

1492 : cette année-là, trois caravelles, la *Santa Maria*, la *Pinta* et la *Niña*, établissent un lien avec le Nouveau Monde; les Arabes et les Juifs sont chassés d'Espagne; Bretagne et Bourgogne s'intègrent à la France; l'Angleterre délaisse le continent pour se tourner vers les mers et les colonies...

1492 : l'Europe découvre le tabac, la pomme de terre, la syphilis. La première grammaire en langue vulgaire est imprimée à Salamanque. Venise s'efface devant Anvers au cœur de l'économie mondiale. On voit naître les prodromes de la Réforme et de l'humanisme rationaliste.

1492 : année décisive où naissent l'Europe et le monde modernes. Un bouillonnement de faits, d'idées, d'intrigues, de découvertes, de personnages est recréé sous nos yeux dans un captivant et parfois provocant roman vrai.

Composition réalisée par C.M.L., Montrouge

IMPRIMÉ EN FRANCE PAR BRODARD ET TAUPIN
Usine de La Flèche (Sarthe).
Librairie Générale Française - 6, rue Pierre-Sarrazin - 75006 Paris.
ISBN : 2 - 253 - 06186 - 7 30/9535/3